LES PLUS BEAUX CONTES ZEN

Henri Brunel a été proviseur de lycée et professeur de yoga pendant plus de trente ans. Il a écrit de nombreux ouvrages chez divers éditeurs sur les oiseaux, le zen, la prière, notamment *Restez zen, Guide de relaxation pour ceux qui n'ont pas le temps* (Le Seuil, 1996 et 2002), *Les Plus Beaux Contes zen* (Calmann-Lévy, trois tomes et une version illustrée parue en 2002), *Je confie mes traces aux nuages* (Calmann-Lévy, 2002), *Humour zen* et *L'Année zen* (Calmann-Lévy, 2003).

Henri Brunel

LES PLUS BEAUX CONTES ZEN

Calmann-Lévy

L'ÉDITION ILLUSTRÉE DE CET OUVRAGE
A PARU AUX ÉDITIONS CALMANN-LÉVY

TEXTE INTÉGRAL

ISBN 2-02-084801-5
(ISBN 2-7021-3340-1, 1re publication)

www.seuil.com

À la mémoire de ma mère,
née Magdeleine, Cécile, Marie Léry.
À mes filles, Aline et Cathie.
À mes huit petits-enfants,
Marc, Caroline, Frédérique, Chloé, Émeline,
Paul, Raphaëlle et Tiphaine.

Quand le zen est entré dans ma vie...

Ce crapaud ! On croirait
Qu'il va roter
Un nuage !
Issa (1763-1827)[1]

À *l'orée de ce livre, qui réunit la trilogie des* Plus Beaux Contes zen, *il était peut-être utile d'énoncer qui je suis, « qui parle », comme on disait au beau temps de Mai 68. Je ne déroulerai pas le tapis de mon existence, je conterai seulement un ou deux épisodes. Je pratiquerai de mon mieux la litote, la fugacité, la tendresse zen, et l'humour aussi, comme il se doit, quand on parle de soi. Mais écoutez plutôt...*

Quand le Zen est entré dans ma vie... je ne songeais guère à lui. J'avais trente-cinq ans, le cheveu noir, le teint rose, l'œil clair, l'air fringant malgré ce léger bourrelet qui me poussait gentiment sur le ventre. Non que je fusse un grand amateur de bonne chère, mais je prenais ma revanche sur les années de guerre et mon adolescence famélique. J'avais de brusques accès de gloutonnerie pâtissière : tartes à la fraise, au citron, éclairs au café, au chocolat, babas au rhum, etc. Marié, deux fillettes délicieuses : sept et dix ans. Proviseur de lycée dans une sous-préfecture du Midi, j'étais somme toute un homme heureux. Nous vivions au temps des sixties, *Brassens chantait à l'Olympia « La chanson pour l'Auvergnat », nous écoutions Brel, et Montand, et Ferré, et Ferrat. Je roulais en Dauphine, comme tout le monde. De Gaulle était encore là...*

Un soir, nous étions en mars, on sonne à ma porte privée, celle qui ne donnait pas sur la cour d'honneur du lycée. J'ouvre. Devant moi le pharmacien, un ami du club d'échecs. Son visage est grave :

« Entrez, mon cher, que se passe-t-il ?

– Ah, mon pauvre ami ! »

Et il sort lentement de sous son manteau, qu'il n'a pas déboutonné, une feuille de papier soigneusement pliée.

« Que m'apportez-vous là ?

– Les résultats de votre analyse d'urine !

– Mais il ne fallait pas vous déranger !

– Écoutez... c'est très sérieux. Sous réserve d'examens ultérieurs, vous êtes... diabétique *! »*

Je restai muet. Je finis par dire :

« Je n'y connais rien, c'est une maladie très grave, on en guérit ?

– C'est incurable ! »

Et il ajouta précipitamment :

« Mais sous certaines conditions, vous pourrez vivre longtemps... »

Je le remerciai. Je restai seul un moment, abasourdi. Dès cet instant, ma vie changea.

Hors les médicaments oraux, ou les injections d'insuline, le traitement du diabète est le « régime ». Après que les examens appropriés eurent confirmé mon état de diabétique, on me remit solennellement le « régime standard ». Il y avait dans cette lecture de quoi faire pâlir les plus courageux. Tous les jours de ma vie, sans faiblir jamais, il me faudrait désormais peser ma nourriture : 150 grammes de pain, 200 grammes d'hydrates de carbone, supprimer les sucres, sous quelque forme que ce soit. Il me sembla que la guerre, avec son cortège de restrictions, de cartes d'alimentation, revenait pour mon seul usage. Plus jamais de pâtisseries, de confiture, ni le chocolat que j'aimais tant. Exclus les pâtes d'amandes, la délicieuse angélique, les glaces à la pistache, les éclairs au café, les babas au rhum, les pêches Melba... les crèmes au caramel, le riz Marie-Louise, et celui que maman préparait sur la cuisinière de mon enfance au doux chant du feu de bois. Écartés : les liqueurs (j'adorais le Cointreau de mon pays angevin), et la Marie-Brizard, et les anis, et les vins rosés et sucrés, tous les alcools. Adieu les plats mijotés, le couscous, et le cassoulet, le bœuf bourguignon, le veau marengo, et les sauces dont je raffolais. Adieu, adieu, adieu... toutes mes amours gustatives ! Finis les repas entre amis, les agapes familiales, les conviviales ripailles. Je serais désormais, en ces lieux de joie, le pisse-froid, le buveur d'eau et le mangeur de nouilles, qui gâche tout, éteint le plaisir par ses humeurs aigres et ses sombres envies. « Un mal baisé de la gueule », comme me nomma un jour un cousin peu délicat.

Le choc était si rude, si épouvantable, que je méditai de me supprimer. J'y songeai courtement, bien entendu. J'étais chrétien, quoiqu'un peu tiède, mes filles étaient jeunes, et je n'avais que trente-cinq ans. Je voulais vivre. J'avais tant de choses encore à faire, à dire, à construire. Vivre, certes, mais comment ? Que décider ? Je pouvais tricher avec le « régime ». Une douceur ici, un alcool là, comme le pratiquaient nombre de mes frères et sœurs en maladie. Après y avoir réfléchi, je m'y refusai. Par orgueil sans doute, je résolus de vouloir *ce qui m'était imposé, d'accompagner mon destin. La privation gourmande serait mon défi, mon aventure, mon exploit, mon Annapurna ! Je suivis sans davantage barguigner, à la lettre près, le « régime standard ». Je maigris de dix kilos en un mois. Mes amis, à qui je taisais ma maladie, s'étonnaient :*

« Tu prendras bien un peu de tarte Tatin, pour nous faire plaisir ?

– Songerais-tu à te faire moine ? Tu veux m'offenser ? Tu refuses de trinquer avec moi ? »

Je tenais bon. Je résistais à tout... Je fanfaronnais. Je prétendais en des discours fumeux que la nourriture est un poids dont il faut savoir se désencombrer. Mes amis, l'un après l'autre, me quittèrent. En vérité, je nageais en plein désarroi, parfois, j'étais désespéré.

Il me fallait trouver d'urgence une solution. « Quand le disciple est prêt, le maître vient », dit le proverbe zen. C'est à ce moment que je commençai, en prenant des leçons de hatha-yoga, à m'initier aux méthodes, à la sagesse bouddhistes. Plus tard, je choisis, parmi les diverses branches du bouddhisme, le rameau du Zen. Le Zen : cette lame nue, cette lumière insolente et impitoyable, qui me contraignit à faire face à ma vie et me renvoya plus ouvert, plus tolérant, plus profond à la foi chrétienne de mon enfance. Vivre zen, c'est être lucide, trier ce qui passe et ce qui demeure, c'est goûter le bonheur du présent, et, coque de noix dans l'océan de l'Absolu, s'arrimer d'instant en instant à l'éternel.

*

Le conte zen décape l'esprit, choque les principes, bouscule les modes de pensée, arase les préjugés. « Il faut bien vider la tasse si on veut la remplir », dit le maître de thé[2]. Le but du Zen est de nous restituer notre « visage originel », notre innocence. Il nous appelle à faire l'expérience de notre communion avec l'univers. Il nous révèle l'infini dans le fini. Il nous établit dans l'harmonie, la sérénité.

Mais pour ce faire, il use d'étonnants procédés. Le conte zen n'hésite devant aucune méthode : le rire, l'absurde, la provocation, la brutalité, et aussi la tendresse, la compassion, le merveilleux, la poésie, le silence. Il y ajoute le mystère. Souvent, nous sommes « sur le point » de comprendre, on va « comprendre », et la conclusion nous déconcerte, nous échappe. Dans toutes les formes de l'art zen, la peinture, le théâtre ou la poésie, subsiste la part insolite. Le Zen privilégie la note incertaine, la ligne brisée, le dessin asymétrique, et même dans les célèbres jardins zen au sable blanc cent fois ratissé, on ajoute parfois quelques feuilles mortes éparses, incongrues, inutiles. C'est qu'une forme parfaite est close. La définition claire assassine. *Le Zen offre toujours une issue par où se glissera l'intuition, naîtra la possible étincelle.*

En proposant ces contes, venus du fond des âges, je me suis trouvé devant un dilemme : opter pour le conte brut, *et prendre le risque de heurter nos sensibilités modernes, au point d'occulter le message, de le rendre inaudible ;* adoucir, affadir *et ainsi trahir, perdre l'insolence décapante du Zen, un peu de son mystère.*

J'ai choisi une solution médiane. Retenir, parmi les centaines de contes traditionnels, les mieux ajustés à nos oreilles. Je n'ai pas sacrifié l'essentiel. Le sel de l'esprit zen, qui se moque de nos préjugés, de nos idées reçues, de nos égoïsmes et nombrilismes, le sel qui nettoie notre « ego » de ses petitesses, le libère de ses liens. La couleur, le climat singuliers du conte zen, qui nous font pénétrer dans un monde inconnu ; à la fois nous alertent et nous apaisent, et dans le même branle nous déconcertent et nous émerveillent.

*Les « Contes des montagnes bleues », comme les nomme poétiquement un vieux texte chinois, sont un chemin d'*Éveil, *ils sont porteurs d'un des plus hauts messages spirituels de l'humanité. Mais chacun y trouve ce qu'il y cherche, un autre regard sur sa vie ou le simple plaisir d'entendre des histoires merveilleuses. Ils conviennent aux grands et aux petits selon l'intuition de chacun et le niveau de lecture. Le conte zen, qui nous ouvre les portes d'un monde enchanté, est d'abord une école de* liberté.

*

N.B. : Tous les contes sont d'origine japonaise, hormis quelques-uns dont le pays d'origine est indiqué sous le titre.

Les canards mandarins et le samouraï

Il y a de cela bien longtemps, sur les bords du lac Mimidoro, que l'on appelle aujourd'hui Mizoro, au nord-est de Kyōto, un couple de canards mandarins vivait en paix. Il fallait voir, à la belle saison d'été, le mâle bondir sur l'eau, prendre son envol, ses moustaches orange, son bec rouge sombre, et ses magnifiques ailes frisées. Madame et les enfants vêtus d'un modeste gris, même l'aîné qui portait encore la robe juvénile, ne le quittaient pas des yeux. Le soir, les canetons rassasiés et endormis, Monsieur, d'un tendre coup de bec sur la joue blanche et gracieuse, disait bonsoir à son épouse et, dans le trou d'arbre qui leur servait de maison, toute la famille glissait au pays des rêves.

L'année qui suivit, aux premiers jours du printemps, un jeune samouraï vint installer sa cabane aux bords de l'étang. Sa femme attendait leur premier enfant. Ils étaient pauvres. Le samouraï avait dû acheter son équipement : les culottes bouffantes, les cuissardes, les manchettes métalliques et la cuirasse à quatre pans. Sa femme lui avait confectionné le « bandeau de résolution[3] », sa mère avait économisé longtemps pour lui offrir les deux épées traditionnelles, la longue et la courte. Mais il ne possédait pas encore le masque effrayant destiné à terroriser l'ennemi. Il attendait qu'un noble seigneur le prenne à son service. Cette nuit-là, sa femme le réveilla et lui dit :

« Mon tendre époux, je sais que nous sommes pauvres, et je ne voudrais pas vous importuner, mais je sens depuis quelque temps une envie irrésistible de manger de la viande, et j'ai peur que votre fils n'en pâtisse. »

Le jeune samouraï ne dit mot. Il prit son arc et sortit dans la nuit. Il se posta au bord de l'étang à l'affût de quelque proie. Par hasard, le canard mandarin faisait une promenade nocturne. À l'éveil du printemps, le nid est encore vide, et il songeait au rude travail de l'été qui l'attendait, quand il faudrait nourrir toute la maisonnée. Le samouraï aperçut ses ailes frisées qui scintillaient sous la lune. Il tira une flèche et le tua. Il l'emporta dans un sac et, arrivé chez lui, il le fixa sur une perche devant la cabane. Puis il regagna sa couche et s'endormit.

Un bruit insolite le tira du sommeil. Une sorte de « tap, tap ! », comme un bruit d'ailes. « Le canard n'est que blessé, songea-t-il, il se débat au bout de la perche où je l'ai attaché. » Il prit un couteau et sortit. Le canard mandarin suspendu par les pattes était bien mort. Mais sa femelle était venue, et elle battait des ailes au-dessus de lui. Le samouraï fit étinceler la lame de son couteau et le brandit. La cane mandarine ne bougea pas, ne quitta pas la place. Alors il alluma un feu pour les rôtir tous les deux mâle et femelle. La cane continuait à battre des ailes, indifférente à son sort, pleurant son époux mort. Le samouraï fut alors saisi d'un sentiment inconnu. Il alla réveiller sa femme, lui montra le spectacle de cet amour conjugal et son épouse pleura.

« Je ne mangerai de cette viande pour rien au monde », dit-elle.

*

Les anciennes chroniques disent que le samouraï coupa son chignon d'homme de guerre, et se fit moine. Il mena une vie exemplaire, protégeant les animaux, se souciant du moindre insecte, et son nom depuis est vénéré. Ainsi a-t-il été rapporté des choses du passé.

Renki l'éléphant

Conte d'origine indienne

Ryoto, jeune moine bouddhiste, se plaint de ne pouvoir tenir sa pensée en repos. Elle saute sans cesse, comme un cabri…

« Ou comme un éléphant sauvage », dit le vieux maître zen.

Ryoto, voyant pétiller l'œil de son maître, devine qu'il va lui conter une histoire, et il s'assied à ses pieds à l'ombre du bananier.

Renki était un éléphant sauvage, que l'on captura à l'âge de trois ans. Une robe gris clair sans défaut, les défenses longues, minces et pointues, des oreilles en forme triangulaire parfaite, un beau mâle que son maître, un marchand d'éléphants dressés, espérait vendre un bon prix au seigneur du royaume. On attacha Renki à un piquet, au bout d'une corde très solide. Le jeune éléphant se mit à se débattre avec énergie, avec furie, il ruait, piétinait sauvagement la terre sous ses lourdes pattes, barrissait à fendre l'âme. Mais le piquet était bien enfoncé, et la corde épaisse. Renki ne pouvait se débarrasser ni de l'un ni de l'autre. Alors il entra en rage désespérée, mordant l'air, levant la trompe, barrissant lamentablement vers le ciel. Il s'épuisait en efforts et en cris.

Quand brusquement, un matin, Renki se calma, il ne tira plus sur la corde, ne maltraita plus le sol de ses quatre pattes, ne fit plus trembler le voisinage de ses barrissements. Alors le maître le détacha. Il put aller d'un endroit à l'autre, portant un baril d'eau, saluant chacun, rendant service à la communauté. Il fut heureux et libre.

Ta pensée est comme un éléphant sauvage, dit le vieux maître à son disciple. Elle prend peur, saute en tous sens, et barrit aux quatre vents. Ton « attention » est la corde, et « l'objet choisi de ta méditation », le piquet enfoncé dans le sol. Calme ta pensée, apprivoise-la, maîtrise-la, et tu connaîtras le secret de la vraie liberté.

Son Excellence

Son Excellence, monsieur le gouverneur Mushō Keishu, est en voyage ; il chemine au pas lent de ses porteurs vers Kamakura, la grande capitale shôgunale. Confortablement adossé aux coussins de soie, les mains posées sur son petit ventre rond qui tressaute aimablement au rythme de sa litière, monsieur le gouverneur somnole un peu et rêve. Sa garde personnelle de nobles samouraïs l'entoure et le protège. Suivent en bon ordre les serviteurs, les animaux, les bagages. Monsieur le gouverneur, un sourire béat sur son visage lisse, tout doucement s'endort.

Dans les collines de Kamakura, en un lieu paisible qui domine à la fois la ville et la mer, le maître zen Unkei a installé son atelier de statuaire derrière une modeste pagode. Il sculpte dans le bois des bouddhas au sourire éternel. Il reçoit aussi des gens de toutes conditions qui sollicitent ses conseils. Unkei est un homme à l'écorce rude, un silencieux, mais il ne refuse jamais son aide, et chacun le vénère. Ce matin précisément, le jeune moine qui fait office de portier s'approche d'un air affairé, il tient religieusement dans ses mains une carte de visite merveilleusement ornée et décorée. On peut lire :

SON EXCELLENCE MUSHŌ KEISHU, GOUVERNEUR DE KYŌTO, CONSEILLER PARTICULIER DU SHŌGUN.

« Je n'ai rien à dire à cet homme », dit sèchement Unkei, qui laisse tomber la carte et reprend son travail. Le jeune portier, déconcerté et effrayé, revient annoncer au serviteur de Son Excellence le refus de son maître. Il attend en tremblant la réaction du haut personnage, qui n'a pas quitté sa litière.

« Moine, Son Excellence t'attend ! »

Le portier, plus mort que vif, se présente humblement devant monsieur le gouverneur confortablement adossé à ses coussins de soie :

« Ton maître ne veut pas me recevoir ? demande Son Excellence, plus étonné qu'irrité. T'a-t-il donné une raison ?

– Non, Seigneur.

– Sait-il que je pourrais ordonner la fermeture de son atelier, l'emprisonner lui et les siens, et faire empaler ses serviteurs ?

– Pitié, Seigneur ! » s'écrie le jeune novice en tombant à genoux.

Son Excellence le gouverneur n'est pas un méchant homme. Il médite un instant, mollement adossé à ses coussins de soie. Autour de lui la garde des samouraïs s'est raidie, certains ont déjà la main sur leur sabre.

« Hum ! Hum ! fait le gouverneur. Je vais essayer quelque chose. » Il biffe tous ses titres et ne laisse sur la carte de visite que son nom : Mushō Keishu.

« Va redonner à ton maître ma carte de visite ! »

Unkei est en train de laquer un bouddha de bois. Il prend la carte que le portier lui tend en tremblant.

« Je recevrai cet homme avec plaisir », dit-il.

*

J'ai jeté cette toute petite chose
que l'on appelle « Moi »
et je suis devenu le monde immense[4]

Le miroir magique

Iriku avait beaucoup aimé son père. Aujourd'hui, le vieillard avait rejoint les ancêtres. Souvent, quand il tressait un panier de bambou, Iriku songeait :

« Si mon épouse n'avait eu tant d'aversion pour mon honorable père, il aurait été plus heureux dans ses vieux jours. Je n'aurais pas hésité à lui manifester mon affection, mon respect filial. Nous aurions eu de longues et douces conversations. Il m'aurait entretenu des gens et des choses du passé… » Et une mélancolie le prenait.

Un jour de marché, Iriku le vannier écoula son lot de paniers plus rapidement qu'à l'ordinaire. Il se promenait un peu désœuvré parmi les éventaires, quand il remarqua un marchand chinois, qui offrait souvent des objets étranges :

« Approche, Iriku, dit le marchand, j'ai là quelque chose d'extraordinaire. » Et, avec un air de mystère, il retira d'un coffre un objet rond et plat recouvert d'une étoffe de soie. Il le plaça entre les mains d'Iriku et, avec précaution, il fit glisser l'étoffe. Iriku se pencha sur une surface polie et brillante. Il reconnut dedans l'image de son père, tel qu'il avait été au temps de sa jeunesse. Bouleversé, il s'écria :

« Cet objet est magique !

– Oui, dit le marchand, on appelle cela un miroir, et sa valeur est grande ! »

Mais la fièvre avait saisi Iriku :

« Je t'offre tout ce que je possède, dit-il. Je veux ce “miroir magique” et emporter chez moi l'image de mon père bien-aimé. »

Après un long palabre, Iriku abandonna au marchand toute sa recette de la matinée.

Dès qu'il fut rentré chez lui, Iriku alla dans son grenier et cacha l'image de son père dans un coffre. Les jours suivants, il s'éclipsait, montait au grenier, retirait le « miroir magique » du coffre ; il demeurait de longs instants à contempler l'image vénérée et il était heureux. Sa femme ne tarda pas à remarquer son étrange conduite. Un après-midi, alors qu'il abandonnait un panier à moitié tressé, elle le suivit. Elle le vit monter au grenier, fouiller dans un coffre, en extraire un objet inconnu, le regarder longuement en affichant un air mystérieux de plaisir. Il recouvrit ensuite l'objet d'une étoffe et le rangea avec des gestes amoureux. Intriguée, elle attendit son départ, ouvrit à son tour le coffre, découvrit l'objet, fit glisser l'étoffe de soie, regarda et vit : « Une femme ! » Furieuse, elle descendit et apostropha son mari :

« Ainsi, tu me trompes en allant contempler une femme dix fois par jour dans le grenier !

– Mais non ! fit Iriku, je n'ai pas voulu t'en parler parce que tu n'appréciais guère mon père, mais c'est son image que je vais voir, et cela apaise mon cœur.

– Misérable menteur ! vociféra la femme. J'ai vu ce

que j'ai vu ! C'est une femme que tu as cachée au grenier !

– Je t'assure… »

La dispute s'envenimait, devenait infernale, lorsqu'une nonne mendiante se présenta à la porte. Le couple réclama son arbitrage. La nonne monta au grenier, revint :

« C'est une nonne ! » dit-elle.

L'éléphanteau royal

Conte d'origine indienne

Cette histoire est maintenant du passé.

Un Mahārādjāh possédait une troupe d'éléphants. Konia en était le plus bel ornement, la robe d'un doux gris clair, l'œil malicieux sous les lourdes paupières et d'adorables oreilles triangulaires. Konia avait noué des liens d'amitié avec son cornac, un jeune garçon nommé Shivi. Il fallait voir comment elle le saisissait à la ceinture et, d'un seul mouvement de sa trompe, précis et doux, elle le déposait près de son cou. Quand Shivi faisait de brefs appels de ses orteils nus à la base de son oreille, avec docilité Konia avançait, quand il lui frottait le flanc de haut en bas de son talon, elle reculait. L'agile cornac descendait à terre vingt fois le jour en glissant le long de son oreille droite, vingt fois elle le remontait d'un élégant mouvement de sa trompe enroulée. Ils travaillaient en si parfaite harmonie qu'on eût dit en les voyant quelque figure de ballet.

La vie suivait ainsi paisiblement son cours. Mais, un certain printemps, Konia tomba amoureuse d'un éléphant, un mâle superbe qui avait en charge le palanquin royal. Drik, personnage officiel, ne pouvait contracter mariage sans l'approbation de Sa Majesté. On consulta les oracles, Konia était de sang noble, de caractère aimable, l'union fut approuvée.

Trois ans plus tard, toute la cour était en émoi : Konia allait accoucher. Or, l'éléphanteau se présentait mal et tardait à naître. Le Mahārādjāh alerté demanda qu'on l'informât heure par heure. À la fin de la matinée, la trompe, la tête, le corps étaient sortis, mais la queue restait coincée. Le soir venu, la situation n'avait pas changé. On réunit un conseil d'urgence. Les ministres, les courtisans, le grand chambellan donnaient leur avis. De temps en temps on faisait appeler Shivi, le cornac :

« Alors ? demandait Sa Majesté.

– Rien de nouveau, Sire, la queue est toujours coincée ! »

Et la discussion reprenait. La nuit avançait, le conseil était surexcité et désemparé, quand le grand chambellan s'écria :

« Sire, la situation est trop grave ! Je suggère que l'on fasse venir Mara la sorcière.

– Ce n'est pas possible ! Cette femme a insulté la belle-mère de notre grand Mahārādjāh en ne s'inclinant pas sur son passage ! Elle est bannie à jamais de la cour ! »

Le roi trancha :

« Qu'elle vienne à l'instant ! »

On obtempéra. La magicienne, après avoir longuement ausculté la malheureuse parturiente, rendit son verdict :

« L'éléphanteau sera délivré, sa queue décoincée si l'on trouve dans tout le royaume une femme qui n'ait jamais aimé que son mari et qui n'ait jamais eu de tendres pensées pour un autre que lui. »

Le conseil délibéra... longtemps. Enfin le choix se porta sur Rajna, une beauté aux yeux doux et tristes, réputée pour sa sagesse, épouse d'un grand seigneur de la cour.

« As-tu jamais aimé un autre homme que ton mari ?

– Non, Sire, répondit Rajna d'une voix douce et timide.

– As-tu jamais rêvé à un autre homme que lui ?

– Non, Sire !

– Que l'on aille chercher le cornac ! ordonna le roi.

– Alors ? interrogea le conseil fébrile, d'une seule voix.

– Rien n'a changé, dit le cornac accablé, la queue est toujours coincée. »

À ce moment, de sous son voile, la douce Rajna parla :

« Je me souviens maintenant, dit-elle d'une voix étouffée, que, passant par hasard dans la cour du palais, j'ai vu une fois ce jeune homme avec son éléphante, et il était si adroit, que..., conclut-elle dans un sanglot, mon cœur pendant une seconde a battu pour lui. »

À cet instant, une rumeur parvint jusqu'à la grande salle du conseil :

« Hourra ! La queue est enfin décoincée, l'éléphanteau royal est né ! »

*

Sur l'étoffe de l'Atma[5], où nous brodons jour après jour la tapisserie de nos vies, la moindre tache se voit, tout manifeste Brahma.

La barque et les deux moines

Qui dira la saveur du Zen, la sagesse de ces contes simples comme l'évidence, libres comme la vérité ?

*

Un soir d'automne, le brouillard épais masque presque entièrement la rivière Saïtama. Un moine et un jeune novice s'apprêtent à la traverser sur une barque légère. Les flots sont jaunes et tumultueux, un vent violent s'est levé :

« Maître, je sais bien que l'on nous attend au monastère de Rishiko, mais ne serait-il pas prudent de remettre notre visite à demain ? Nous pourrions manger une boulette de riz, et dormir dans la hutte de branchages que j'aperçois là-bas.

– ... »

Son maître gardant le silence, Kasuku se résigne à embarquer, et commence à ramer. On ne voit de l'autre rive qu'une ligne sombre perdue dans le brouillard.

« Maître, la rivière est large et le vent qui souffle par le travers nous empêche d'avancer à notre gré.

– ... »

Une dizaine de minutes s'écoulent, qui semblent une heure à Kasuku. Il rame en silence, le cœur inquiet.

Soudain, lâchant les rames, il se dresse, le bras levé :

« Maître, Maître ! Regardez cette barque qui émerge du brouillard, elle vient droit sur nous !

– …

– Maître, elle va nous heurter, nous éventrer, nous allons chavirer. Ohé, du pilote ! Oh, oh, du pilote ! Si je tenais celui qui gouverne cette embarcation, je lui assénerais un bon coup de bâton qui lui ôterait l'envie de mettre en danger de saints hommes comme nous…

– …

– Maître, voyez la barque approche, elle va nous éperonner de sa proue effilée. J'aperçois maintenant le pilote, ce timonier assassin dort paisiblement !

– …

– Maître, la barque est tout près ! Par Brahma ! Que ce pilote criminel soit maudit, que le cycle de ses renaissances s'étende sur un million d'années, qu'il soit chacal, hyène, rat, punaise… »

À l'instant du choc, un remous opportun, ou une manœuvre habile du maître, écarte le danger, et les deux barques indemnes poursuivent leur chemin.

« Tu as observé l'intérieur de la barque, Kasuku ? demande le moine zen.

– Oui, Maître. La forme que je prenais pour un homme était un sac de grains.

– Dis-moi, Kasuku, contre *qui* t'es-tu emporté ? »

Le fantôme encombrant

Un jeune mari perdit sa femme dans la fleur de l'âge. Celle-ci avait été belle, mais un peu acariâtre et affreusement jalouse. Après un deuil de bon aloi, qui dura six mois, le jeune homme sentit avec le printemps naître des émotions nouvelles.

Il chercha femme, et bientôt se fiança à la délicieuse Yoyohi, dont le nom chantait comme un gazouillis de mésanges, comme le froissement de la soie sur un éventail. Bref, le jeune veuf était amoureux, et il était plus heureux qu'il ne l'avait jamais été avec sa précédente épouse. C'est alors que le fantôme de sa femme se manifesta pour la première fois. Une nuit, alors qu'il dormait paisiblement sur son tatami, il sentit un courant d'air froid lui chatouiller la plante des pieds, il s'éveilla. Kyrioka était devant lui. La belle, quoique évanescente, semblait furieuse, et n'avait rien perdu de son humeur jalouse :

« Comment oses-tu, dit-elle, me tromper avec une petite sotte, sans beauté, qui, ajouta-t-elle avec perfidie, porte une tache de naissance fort disgracieuse sur le sein gauche.

– Comment sais-tu cela ? » interrogea le pauvre mari, stupéfait.

« Au Royaume des morts, nous avons accès aux mystères, et nous connaissons toutes choses cachées à vos yeux de mortels. »

La belle s'en fut. Le mari encore tremblant de frayeur ne dormit plus cette nuit-là.

À partir de cet instant, l'existence d'Heiyoshi devint un enfer. Le jour, il se promenait avec la tendre Yoyohi, dans les jardins de son père. Ils s'attardaient auprès du grand bassin, admiraient la grâce épanouie des fleurs de lotus. Heiyoshi ne se lassait pas, tout en devisant tendrement et en échangeant avec elle de timides sourires, de contempler la nuque parfaite de sa fiancée, son chignon noir de jais, ses joues qui avaient le velouté de la fleur de prunier. La nuit, le fantôme de Kyrioka venait le tourmenter. Assise au pied de sa natte, son épouse décédée tournait en dérision tous ses faits et gestes de la journée, elle imitait en ricanant leurs tendres propos. Elle lui rappelait leurs anciennes amours, et lui répétait :

« Je sais tout de toi, et ce savoir t'enchaîne. Ta vie est à moi seule, à moi ! »

Le malheureux, à bout de forces et près de perdre la raison, se confia à un ami, qui lui conseilla d'aller consulter un célèbre maître du Zen vivant en ermite dans l'ancien temple de Kenninji. Le voyage fut long et difficile. Enfin Heiyoshi parvint aux pieds du maître, et lui conta son infortune.

« Ta femme est devenue un fantôme, et elle sait tout de toi.

– Oui, Maître, vous comprenez, habitant le pays des morts, elle a accès à ces mystères qui nous dépassent, elle connaît le passé, l'avenir et fouille à son gré dans mes moindres pensées.

– Je vois, dit le maître en se grattant un orteil avec un petit bâton de bambou, car il avait plu et un peu de boue avait éclaboussé ses pieds nus dans les sandales. Je vois...

– Que dois-je faire, Maître ?

– Tu es jeune, Heiyoshi, ton cœur est neuf et tendre. Il est aisé d'assurer son pouvoir sur toi. Je vais t'aider. »

Le jeune veuf se confondit en remerciements, et déclara :

« Je suivrai vos conseils, Maître, je m'y conformerai en tout point, indiquez-moi seulement la voie.

– Quand le fantôme de ton épouse apparaîtra, confesse humblement ton ignorance, loue ses étonnantes connaissances, en un mot flatte-la, et propose-lui un marché : "Si tu peux répondre à une dernière question, je serai définitivement convaincu de tes pouvoirs surnaturels, je renoncerai à Yoyohi, qui n'est qu'une simple mortelle, et je serai ton époux fidèle à jamais."

– Hélas ! s'exclama Heiyoshi, c'est elle qui va l'emporter, j'en suis sûr ! Ce qu'elle ne sait, elle le devine, rien de ce que je fais ou pense ne lui est caché...

– Suis mon conseil, déclara un peu rudement le maître, ou, si tu ne veux pas m'écouter, va-t'en ! »

Heiyoshi, troublé, affolé, acquiesça :

« Je vous obéirai, Maître.

– Prends dans ta main droite fermée une grosse poignée de graines de soja et demande-lui combien il y en a.

– C'est tout ? » demanda Heiyoshi.

Le maître du Zen ne répondit pas. Il s'était installé en zazen[6] et méditait.

Heiyoshi rentra chez lui. La nuit même, le fantôme de son épouse réapparut :

« Tu es allé rendre visite à un maître du Zen, ricanait-elle, croyais-tu que je l'ignorais, et pensais-tu pouvoir m'échapper ? »

Heiyoshi plongea alors sa main droite dans un tas de soja, en saisit une grosse poignée qu'il présenta dans sa main fermée :

« Combien y a-t-il de graines ? » demanda-t-il.

Le fantôme de Kyrioka se dissipa dans l'air et ne reparut jamais.

*

Il suffit de peu de chose, un zeste de bon sens, une question claire, un rire, pour désarçonner les faux gourous, qui manipulent les âmes simples, les esprits sensibles ou fragilisés, en s'enveloppant d'ombre et de mystère. Quelques graines de soja, et s'évanouissent les fantômes…

Les pousses de bambou

Conte d'origine chinoise

Môzô, orphelin de père, vivait seul avec sa mère à qui il vouait une grande piété filiale. Employé aux travaux publics, c'était un scribe modèle qui calligraphiait à merveille, et chacun l'appréciait pour sa modestie et son zèle. Pendant ses heures de liberté, il courait la campagne afin de ramasser une espèce de bambou particulière, dont les pousses grosses et tendres constituent un mets raffiné. Sa mère en raffolait.

Il arriva un jour où sa mère ne put avaler un seul repas sans qu'il n'y eût en entrée des pousses fraîches de bambou. Môzô courait les champs, les bois, l'hiver et l'été pour offrir à sa mère ses pousses de bambou préférées.

« Ah ! mon fils, disait-elle, si je ne pouvais manger mes pousses de bambou, moi qui n'ai plus goût à rien depuis la mort de votre père, je crois que je me laisserais mourir ! »

Et Môzô courait la campagne, explorait les champs, les prés, la lisière des forêts, et il rapportait tous les jours à sa mère les pousses de bambou qu'elle aimait.

Or, cette année-là, dans le royaume de Wou, l'hiver fut exceptionnellement rigoureux. La neige tomba en abondance. Le sol était gelé. Môzô courait plus que jamais par les champs et les bois, dénichant les pousses de bambou où nul autre que lui n'en aurait trouvé. Il en cueillait sous les congères, aux creux des forêts, partout. Mais un soir, il revint chez lui les mains vides. Sa mère refusa de manger. Les jours suivants, Môzô rentra bredouille et désespéré :

« Mère, je fais de mon mieux, je cours du nord au sud, d'est en ouest, mais tant que cette neige persistera, je ne pourrai vous offrir les pousses de bambou que vous chérissez. Je vous en prie, consentez à manger. »

Mais la mère de Môzô ne répondait pas. Elle refusait de s'alimenter, elle ne buvait ni ne mangeait, et elle commença de dépérir. Le ciel était bleu, froid, implacable, et toute la campagne durcie sous la neige gelée. Alors, un matin, Môzô désespéré se tourna vers le ciel :

« Depuis des années, se lamenta-t-il, matin et soir, du nord au sud, d'est en ouest, j'ai cherché partout les pousses de bambou. Pas un seul jour je n'ai manqué de lui en apporter, afin qu'elle ne meure, et aujourd'hui je ne puis en trouver. » Il se tordait les mains, accablé, et il fixait le jardin devant la maison, et la neige froide, indifférente à son chagrin.

À ce moment, comme il était à genoux, implorant le ciel, il aperçut au milieu du tapis blanc trois pousses violettes perçant la neige. Trois pousses de bambou ! Il les cueillit et les apporta à sa mère. Celle-ci mangea et but, et fut sauvée. Depuis lors, ce bambou s'appelle au Japon comme en Chine le « bambou Môzô ». Il est le symbole de la piété filiale.

*

Bouddha est dans une pousse de bambou autant que dans l'immensité du ciel ·

Leur fraîcheur,
l'oublier on ne saurait,
les bambous de cette année[7]
Ryōkan

Gobuki et le dragon

Tous les pays, toutes les civilisations relatent, chacun à sa façon, la même histoire de héros et de dragon. C'est le combat mythique du Bien et du Mal, de la jeunesse et du courage terrassant le monstre abominable, du Juste écrasant la Tarasque. Le Zen à son tour reprend le thème millénaire. Mais il le traite différemment.

*

Il était une fois un jeune homme pauvre et bien fait, qui était renommé pour sa bravoure. En ce temps-là vivait dans la montagne une sorte d'ogre, un monstre, qui interdisait le passage aux voyageurs terrorisés. Les paysans racontaient à la veillée ses horribles méfaits. Nul ne connaissait son aspect, car personne n'était revenu vivant de la montagne. Gobuki déclara qu'il irait affronter la bête. On essaya de le dissuader, la jeune fille qui l'aimait pleura, se jeta à son cou, rien n'ébranla sa détermination, son courage. Les plus avisés des paysans lui fournirent des armes : un bâton, une fourche. Le seigneur du lieu ajouta une lance et une épée, un soldat une lourde pique. Ainsi harnaché, Gobuki partit seul dans la montagne. Il marcha trois jours, enfin, le matin du quatrième, il se présenta seul devant la caverne où habitait le monstre. Celui-ci sortit bientôt, grondant et crachant des flammes. Il était horrible à voir. Mais Gobuki, fièrement campé, ne recula pas d'un pouce.

Ils demeurèrent ainsi quelques instants à se dévisager. Le temps était comme suspendu, dans l'attente du drame. Enfin, le monstre s'écria :

« Pourquoi ne t'enfuis-tu pas comme les autres ?

– Je n'ai pas peur de vous ! dit Gobuki.

– Je vais te dévorer ! rugit le monstre.

– Si vous voulez, regardez, je dépose mes armes sur le sol, le bâton, la fourche, la lance, l'épée, et la lourde pique de soldat, je sais que vous ne me toucherez pas.

– Mais enfin, pourquoi est-ce que je ne te terrorise pas ? interrogea le monstre, stupéfait.

– Je suis l'Atma, je suis la Réalité universelle, je suis *cela*. Si vous me dévorez, c'est que vous êtes fou, car vous vous dévorez vous-même. Nous sommes *un*. Mais je vous en prie, si vous voulez le faire, je suis à votre disposition. »

Le monstre abasourdi s'écria :

« Je ne comprends rien à ce que tu dis, mais avec toi tout devient trop compliqué. Les autres s'enfuient en hurlant de peur, je les poursuis, je les tue, je les dévore. Tout est simple. Là, je ne sais plus ce que je dois faire. Tout compte fait, je préfère m'abstenir, je crois que mon estomac ne supporterait pas un être aussi bizarre que toi. Je t'en prie, reprends tes armes et va-t'en ! »

Et il se retira, nauséeux et chagrin, dans sa caverne.

Oshōkun, la tant si belle…

Conte d'origine chinoise

Yuan des Han[8], l'un des derniers empereurs de la noble lignée des Han, avait tant de femmes qu'il n'en connaissait pas le nombre exact. La tradition exigeait que, chaque année, les hauts dignitaires de la cour lui offrissent les plus belles de leurs filles. Et chaque année, murmure des jets d'eau, bruissements de soie, confidences échangées à l'ombre des éventails, s'accroissait le nombre des épouses dans le gynécée. Or, en ce temps-là, se présenta à la cour une ambassade du pays des Huns. La guerre s'était longtemps prolongée entre cette contrée sauvage et l'Empire. Yuan, prince sage, désirait la paix. Il reçut les barbares avec courtoisie et mille civilités, il décida enfin de leur offrir un présent qui les comblerait.

Mais lequel ? Ces gens grossiers n'aimaient ni les porcelaines fines, ni les coffrets laqués, ni le jade, ni les soieries aux tons délicats.

« Sire ! dit le Premier ministre, me permettez-vous une suggestion ? »

L'empereur acquiesça.

« Offrons au roi barbare l'une de vos femmes…

– Oh ! se récria la foule des courtisans indignés.

– Sire, c'est le seul présent qui scellera définitivement la paix entre nos deux pays !

– Soit ! dit l'empereur.

– Votre Majesté voudra certainement désigner celle de ses femmes qui a le moins d'attraits, c'est encore trop d'honneur pour ces barbares !

– Qu'il en soit ainsi, dit l'empereur. J'ordonne que les peintres de la cour fassent le portrait de toutes mes femmes, je choisirai celle qui devra partir dans les contrées lointaines. »

La nouvelle courut comme un feu de paille dans le gynécée. Les peintres de la cour venaient faire le portrait de toutes les femmes. La moins belle, la moins désirable partirait en exil dans les contrées lointaines. Aucune ne voulait s'en aller dans ce pays sauvage, et servir de jouet à un roi barbare. Toutes entreprirent de gagner à leur cause les peintres de la cour, et s'efforcèrent de paraître à leur avantage. Elles soignèrent à l'infini leur visage, n'épargnant ni les onguents, ni les fards, lissant leurs cheveux, se parant de bijoux. Elles rivalisèrent en flatteries, en sourire, en mignardises auprès des peintres de la cour. Toutes relevèrent leurs joues et leur front de poudre d'or. Toutes, sauf une. Oshōkun était belle, d'une beauté si évidente, si lumineuse que les autres femmes s'éteignaient en sa présence comme la lumière des lanternes à la clarté du matin. Elle se présenta devant les peintres, quand vint son tour, sans apprêts, sans bijoux, le visage nu, et ne chercha pas à les séduire. Les peintres, vexés de son indifférence, lui ajoutèrent quelques traits grossiers, qui déparaient malignement ce merveilleux visage.

L'empereur reçut les portraits. Ils se ressemblaient tous, sauf un singulièrement nu et sans apprêts. Il désigna Oshōkun, et fit part de son choix aux émissaires étrangers. Il ordonna que l'on signifie à son « cadeau » qu'elle se tînt prête à partir en pays barbare. Mais le soir, avant de s'endormir, il revit ce visage étrange, et une hésitation le prit. Il résolut de n'y plus penser. « Il faut bien que je fasse un présent au roi barbare, se dit-il, et puisque je dois sacrifier l'une de mes femmes, autant choisir la moins parée, la plus insensible aux grâces de la cour. » Le lendemain cependant, au milieu de la matinée, il ordonna brusquement à son grand chambellan d'aller chercher Oshōkun, qu'il n'avait jamais vue, et dont il voulait faire la connaissance avant de la remettre à l'ambassade des Huns. Alors Oshōkun pénétra dans la salle du trône, et ce fut comme une caresse de printemps, un cerisier en fleur, qui apparut à ses yeux éblouis. Oshōkun se tenait droite, fière et belle, d'une beauté inouïe, qui transperça son cœur. Elle gardait les yeux baissés, sans parler, et il l'aima. Quand Oshōkun osa regarder à son tour le jeune empereur pétrifié sur son trône, son cœur de jeune vierge farouche faiblit aussi, et connut l'amour.

L'empereur avait donné sa parole, annoncé son choix aux dignitaires de la cour, les émissaires étrangers allaient regagner leur pays. Le destin était fixé. Ainsi vécurent dans la mélancolie le reste de leurs jours Oshōkun la tant si belle... et son empereur bien-aimé. Ainsi a-t-il été rapporté des choses du passé.

Mourir... À quel âge ?

L'homme a le destin de l'étincelle.
Louis Aragon, *Elsa*

Ryōkan, le poète du XVIIIe siècle, qui savait parler aux plantes, aux insectes, aux oiseaux, était connu dans tout le Japon pour sa sagesse et l'efficacité de ses *kito*[9]. On venait de tout le pays le consulter, et lui demander d'intercéder auprès des dieux.

Or, un matin, un honorable moine, tout sec, tout desséché par l'âge, se présenta devant la cabane de branchages.

« Je suis honoré de ta visite, saint moine, dit Ryōkan. Ta réputation de bonté est parvenue jusqu'à moi, que désires-tu ?

– Je voudrais un kito, dit l'homme, en caressant sa barbe courte et blanche.

– Volontiers, dit Ryōkan, et que souhaites-tu ?

– Je voudrais que ma vie soit longue...

– Quel âge as-tu ?

– J'ai quatre-vingts ans depuis les dernières fleurs de cerisier.

– Jusqu'à quel âge dois-je demander aux dieux que ta vie se prolonge ?

– Cent ans ! Cent ans me paraît un bon chiffre, oui, cent ans, c'est bien.

– Je suis étonné, dit Ryōkan, par la modestie de ta requête, tu es venu de très loin pour me réclamer ce kito, pourquoi te contenter de cent ans ?

– Il est vrai, soupira le visiteur, que je répands constamment autour de moi sagesse et bienfaits, que ne pourrais-je faire si je vivais davantage ! Disons, cent vingt, cent trente, fixons plutôt un chiffre rond : cent cinquante ans. Est-ce possible ?

– Bien entendu, fit Ryōkan, nous disons donc cent cinquante ans, mes kito étant très précis, je vais t'en préparer un pour cent cinquante ans exactement. Mais tu as bien réfléchi ? Tu as quatre-vingts ans, il te restera soixante-dix années à vivre, moins que tu n'as déjà vécu. Mais c'est bien ce que tu désires, tu es un homme sage et peu exigeant.

– Attends encore un instant, fait l'octogénaire. Il est vrai que soixante-dix ans, c'est peu de chose, mes quatre-vingts premières années s'en sont allées comme un songe, et c'était hier, me semble-t-il, que je jouais avec mes frères et sœurs dans le jardin de mes parents.

– La seconde partie de la vie, observe Ryōkan, est comme l'autre versant de la colline, on le descend bien plus vite que l'on n'a gravi le premier.

– Soit, je me rends à tes raisons, sage Ryōkan, fais-moi un kito pour… disons, trois cents ans ! »

Ryōkan se gratte la tête et ne bouge pas.

« Eh bien, qu'attends-tu ? s'impatiente le visiteur, ma demande est-elle excessive ? ajoute-t-il, inquiet.

– Non, non, je réfléchissais, dit Ryōkan. Pourquoi au fond t'arrêter à trois cents ans, on raconte que certaines tortues vivent mille ans, et aussi les grues… Pourquoi trois cents ans seulement ?

– Mille ans ? Après tout, la perspective ne manque pas d'attraits. J'ai tant de bonnes actions à accomplir, je pourrais faire tellement plus de bien en mille ans ! »

Ryōkan ne bouge pas et semble perplexe :

« Je pèse tes paroles, saint moine, et je vois comme ta vie est précieuse, la meilleure solution serait que tu ne meures pas.

– Tu pourrais me faire un kito qui m'épargnerait de mourir ?

– Oui, mais ce serait très, très cher, et très difficile !

– Je suis prêt à payer le prix qu'il faudra, à pratiquer les plus durs exercices, tu m'as convaincu, noble Ryōkan, je t'en prie, j'accomplirai tout ce que tu exigeras, mais fais-moi le kito qui me rendra immortel. »

Dès ce jour, Ryōkan prit avec lui dans son humble cabane de branchages le vieux moine qui venait du nord. Ils coupaient le bois ensemble, allaient chercher l'eau à la rivière, dormaient à même le sol de terre battue, et ils priaient, et méditaient pendant de longues heures. Ils mangeaient leur bol de riz, ou ils riaient en regardant le vol d'un geai maladroit. Au printemps, Ryōkan composa des poèmes :

Ce monde
n'est plus que
fleurs de cerisiers [10]

et encore :

Le rossignol
du rêve m'a réveillé,
mon riz du matin

ou bien :

La barque à riz
se dirige
vers la lune du troisième jour[11]

Ainsi passèrent un hiver, un printemps, un été.

Ils étaient tous deux assis devant la cabane, un soir de fin d'été, et contemplaient le premier vol d'oies sauvages, quand Ryōkan déclara :

« Je vais procéder demain à la cérémonie du kito qui te fera immortel, comme nous en étions convenus.

– Je ne comprends plus, dit l'octogénaire songeur, en caressant sa barbe qui avait beaucoup poussé, pourquoi je t'ai réclamé ce kito. »

*

Le fini est l'infini, et l'infini le fini. Le présent est l'éternité.

Le voyage

Conte d'origine tibétaine

Deux moines sont en voyage. Depuis trois jours, ils n'ont rencontré qu'une vieille femme sur le seuil de sa cabane. Elle leur a offert un peu d'orge grillée, liée avec du thé et du beurre rance. Cette maigre *tsampa*[12] qui date de la veille est déjà descendue dans leurs talons. Ils ont faim, ils ont froid. Soudain, la pluie se met à tomber. Le plus jeune des moines se protège de son mieux avec un pan de sa robe. Le plus âgé marche devant en silence. La nuit descend, à l'horizon nul abri, ni temple, ni ermitage, pas la plus modeste cabane. Le sentier qu'ils suivent se perd au loin dans la montagne. Le jeune novice n'en peut plus. Il ignore le but de cet interminable voyage. « Le temple zen ne doit pas être éloigné, se dit-il, il me semble que nous approchons de Kamakura, mais est-ce bien notre destination ? » Rompant les consignes strictes de silence, il ose interroger son supérieur, qui marche d'un pas égal :

« Maître, où allons-nous ?

– Nous y sommes, répond le maître.

– Vous voulez dire que l'étape est proche ? insiste le jeune moine.

– Ici, maintenant. Nous y sommes. »

Le novice effaré regarde le sentier pierreux, qui s'enfonce dans la brume. Au loin, les cimes redoutables se perdent déjà dans la nuit. Il a peur, il a froid, il a faim. Et brusquement, en un éclair, il comprend. Il se souvient des paroles que l'on a souvent répétées au monastère : « Le Zen est un chemin qui va... ». Dans chaque pas sur ce chemin, l'éternité est enclose. Dans le présent se nichent la vie, l'oasis, l'infini. Je goûte le présent, le passé s'est enfui, le futur est un rêve, le présent seul *est*. « Quand vous vous éveillez à la vérité, dit un ancien poème, votre esprit devient brillant et lumineux, comme un rayon de lune. »

Le novice se murmurant ces choses allait en paix.

*

Imaginez un sentier écarté de montagne ou de forêt qui conduit à la demeure d'un sage. Voici le pavillon de thé. Son architecture est simple, il est construit en bois et en bambou. Il ne s'agit pas ici de s'opposer au temps, de le défier par une dérisoire éternité de pierre, mais de « l'épouser ». La pièce où l'on pénètre est de surface modeste : neuf mètres carrés environ (deux nattes et demie), trois ou quatre amis y tiendront à l'aise. Une peinture zen, un bouquet de fleurs des champs pour l'agrément. Le foyer de charbon de bois, la bouilloire de fer ronde et patinée, le récipient d'eau, la cuiller de bambou, un linge blanc immaculé, les boîtes de thé, les bols traditionnels ordinaires. Le maître de thé accomplit les gestes rituels avec efficacité, lenteur, soin et amour. La conversation s'égrène, paisible ; on parle de poésie, d'histoire, ou d'architecture. Tout doucement le bruit léger des voix s'éteint, on contemple en silence les bols familiers, une fleur des champs, on entend au loin le chant d'un oiseau. Le temps est suspendu, harmonie, sérénité.

Au cours des siècles, le rituel se compliqua, des centaines de règles furent édictées concernant l'arrangement des fleurs, la façon de verser le thé, etc., mais Rikyu, le plus célèbre des maîtres de thé, rappelait :

Le thé *n'est rien d'autre que ceci :*
Vous faites bouillir l'eau
Vous faites infuser le thé
Et vous le buvez...
C'est tout ce qu'il vous faut savoir.

La bannière et le vent

Le Zen va droit devant soi. Il ne donne pas d'explication, il suggère seulement. On connaît l'anecdote fameuse du disciple qui questionne le maître :

« Quelle est la vraie nature du Bouddha ?

– Le cyprès dans la cour. »

Le Zen unit le visible et l'invisible, l'humble quotidien et la réalité ultime, le relatif et l'Absolu. Le « cyprès dans la cour », la fleur devant soi, le caillou sous nos pas sont les chemins qui mènent à l'au-delà, de l'au-delà, du par-delà.

*

Par un bel après-midi de printemps, un maître zen rentre de promenade. Le temps est délicieux, ni chaud ni froid, un temps d'équilibre et de grâce auquel l'âme spontanément s'accorde. Une légère brise souffle et, en arrivant face au portail du monastère, le maître constate que la bannière à l'effigie du Bouddha faseye doucement au vent. Deux jeunes novices sont plantés devant.

« C'est la bannière qui bouge !

– Non, c'est le vent !

– Selon la bonne doctrine, ce qui importe, c'est ce que nous voyons devant nous maintenant. Et c'est la bannière, et elle bouge !

– Pas du tout, ta vision est erronée, car l'agitation de la bannière n'est que la conséquence du vent, c'est lui la cause première, la réalité au-delà de l'apparence.

– Mais l'existence du vent est une hypothèse !

– La bannière ne bouge pas sans motif, sa réalité est constitutive du vent !

– Pure spéculation !

– Évidence !

– Non, pas du tout !

– Mais si ! »

Les deux moines s'échauffent, ce qui n'était qu'une conversation aimable devient une dispute, une bataille. Peu s'en faut qu'ils n'en viennent aux mains. C'est alors qu'ils aperçoivent le maître du temple, qui les regarde impassible. Un peu confus, ils se tournent vers lui :

« Maître, est-ce la bannière qui bouge, est-ce le vent ?

– Ce n'est pas la bannière, ce n'est pas le vent, c'est votre esprit qui bouge. »

*

« Le Zen est un mystère. Dès l'instant où une pensée le touche, il disparaît [13]. »

L'amour s'en va

Un jeune homme pauvre nommé Iruka aimait de toute la folie de son cœur une jeune fille riche, et belle de surcroît. Comme il était lettré, Iruka écrivit à sa bien-aimée une lettre d'amour chaque jour pendant trois longues années, sans faillir une seule fois. La troisième année, il osa lui suggérer de lui faire un signe à l'occasion de la fête du *bon*[14]. Mais la bien-aimée ne répondit pas, ne le regarda même pas, et ne lui manifesta jamais le moindre intérêt. Alors le cœur d'Iruka se lassa. Il songea à devenir moine, ce qu'il fit en effet. Et le temps passa…

Un matin de printemps, il allait chercher de l'eau au puits situé près de son ermitage, quand Iruka rencontra Chujō, pour la première et dernière fois de sa vie. Elle se jeta à ses pieds :

– Iruka ! s'écria-t-elle, j'ai cheminé de longs mois avant de te retrouver, enfin je te vois, admirable Iruka ! Ton amour dont mille lettres témoignent a fini par toucher mon cœur.

En disant ces mots elle dévoila son visage caché jusque-là par un fin voile de soie, et sa beauté était telle qu'elle fit pâlir l'éclat du jour.

– Je suis à toi, Iruka, je t'aime aujourd'hui, comme tu m'aimais autrefois.

Iruka lui répondit :

– Il est trop tard, Chujō, j'ai rompu tout lien avec cette sorte d'amour. Je suis moine.

Et sans un regard, il la quitta.

Chujō, de désespoir, se jeta dans la rivière et s'y noya.

En apprenant la nouvelle, Iruka composa ce poème :

Elle ne reste pas sur la branche,
la fleur de cerisier,
elle meurt avant l'été

*

Cette histoire est maintenant du passé. Tout ce qui naît meurt. Tout ce qui vient s'en va, et ne demeure que l'éternel Atma.

Une nonne très singulière

Un vieux maître zen aimait cette histoire.

« Ce conte sera un moment important sur votre chemin de sagesse… », et il souriait en disant ces mots, avec malice, aux jeunes novices.

Si vous aviez connu la ville de Nara en ce temps-là ! Nara « la verdoyante, la fleur embaumée », joyau de l'île de Honshu[15], la capitale religieuse du Japon, la Rome bouddhique. Entre ses murs vivaient des centaines de nonnes et de moines. Partout fleurissaient les sanctuaires, chapelles, pagodes à plusieurs étages, temples célèbres. Le plus connu de tous était le merveilleux temple de Todaidji. Lors des grandes fêtes bouddhiques, l'empereur lui-même assistait aux cérémonies. Ce jour-là, toute la ville était en liesse. Une foule immense se répandait dans les ruelles autour du temple, les bateleurs, les montreurs de marionnettes, les mimes, les acrobates rivalisaient d'adresse, amusaient les badauds de leurs tours.

Soudain un bruit courait : « L'empereur, l'empereur ! » Les soldats armés de lourdes piques écartaient la foule, et le cortège s'avançait : l'empereur richement vêtu d'or sur son palanquin, entouré d'une nuée de courtisans, de ministres, de chambellans et de bonzes. Les parfums d'encens embaumaient l'air, et les chants accompagnaient d'une musique céleste la lente progression du cortège impérial vers le grand portique du temple, que surmontait le magnifique bouddha laqué resplendissant de mille lumières.

« C'étaient de merveilleuses fêtes ! disait le maître zen songeur.

– Le conte, Maître, le conte ! » suppliaient les jeunes novices.

Le maître souriait : « Le lieu et le moment font partie du conte, soyez attentifs, la sagesse ne se livre pas aux impatients. »

*

Or, en ce temps-là, il arriva qu'un moine tombât éperdument amoureux d'une nonne. Ryonen était belle, d'une beauté radieuse, à la fois éclatante et mystérieuse. Son teint, son port de tête, son allure, tout dans son physique charmant éblouissait, mais elle y joignait une intelligence pénétrante, un caractère décidé, et une générosité, une attention aux autres, qui l'éclairaient d'une lumière intérieure. Ryonen aurait pu rendre fous d'amour les plus sages des hommes, et des moines peut-être... Hashino l'aimait d'un amour déraisonnable, exacerbé. Il ne mangeait, ni ne dormait, il était distrait pendant les cérémonies rituelles, il était obsédé, il ne voyait qu'elle, ne vivait que pour elle, il courait à sa perte. Une nuit, il franchit le pas, commit le crime suprême, il s'introduisit dans sa cellule de moniale, et la supplia de l'aimer.

Ryonen tint alors le destin de Hashino entre ses

mains. Il eût suffi qu'elle crie, qu'elle appelle ses sœurs, et le pire serait advenu. Mais elle ne se débattit point, ne manifesta aucun étonnement. Elle dit seulement au novice, qui brûlait de désir : « Je me donnerai à toi, demain. »

Le jour suivant était jour de grande fête. À l'occasion de l'Illumination du Bouddha, l'empereur assistait aux offices. C'est là, dans le sanctuaire du temple de Todaidji, qu'elle apparut à Hashino complètement nue :

« Prends-moi, dit-elle, maintenant ! »

Alors Hashino vécut le *Satori,* l'Éveil[16]. Comme dans ces dessins où la forme et le fond changent en un éclair de place, il vit la réalité jusque-là cachée. Il sut que son amour était artificiel, fantasmatique, ses désirs fous semblables aux reflets changeants de la lune sur l'eau. Le voile de l'illusion s'était déchiré. Il accéda à la racine du moi, à la vérité, à la paix.

Veux-tu être empereur ?

En ce temps-là, Heian Kyo, ce qui signifie « capitale de la paix et de la tranquillité[17] », était un lieu enchanteur, où résidait Sa Majesté l'empereur. Nobles seigneurs vêtus de rouge, tunique cerise, pantalon pourpre, nobles dames en habits étourdissants, aux couleurs sans cesse nouvelles, rivalisaient dans les joutes d'amour et les jeux de l'esprit. Les fêtes somptueuses se succédaient au hasard des palais, des villas, ornés de magnifiques statues. Les musiciens accompagnaient aux bords du lac des Huit Vertus les amants du clair de lune. Les temples étaient construits en bois précieux, parés de nacre, incrustés de pierres précieuses, et les cérémonies rituelles donnaient lieu à des fastes sans égal dans tout l'empire.

*

L'empereur Saga était un homme âgé, un peu las de ces réjouissances perpétuelles. Un chagrin secret le rongeait. Il n'avait pas de fils. Souvent il s'absentait de la cour, et il se rendait avec quelques serviteurs fidèles et discrets chez un ermite, un moine zen. Celui-ci vivait non loin de la capitale, dans une simple cabane de branchages, près d'une pagode en ruine. Assis sur un tronc d'arbre, Saga observait le moine prier, méditer, couper du bois, et la hache étinceler au rythme de ses coups dans le soleil.

« Je te regarde vivre depuis plusieurs années, Ryoben, tu es actif, énergique, généreux, et sage. Je vieillis, je n'ai pas de fils. Veux-tu me succéder, veux-tu être empereur ? »

À cette demande stupéfiante, le moine ne répondit mot.

« Imagine, Ryoben, les plaisirs, la richesse, le pouvoir absolu, le droit de vie et de mort sur tout ce qui respire dans ce pays. Tu pourrais faire construire ici un palais, ou un temple aux cent pagodes, faire connaître le Zen, étendre son influence. N'es-tu pas tenté ? »

Alors Ryoben posa sa hache, remit de l'ordre dans ses vêtements, et dit :

« Je vais aller au bord de la rivière et laver mes oreilles souillées par vos paroles. »

Il se rendit à la rivière où il rencontra un paysan qui venait souvent y faire boire sa vache.

« Tu te laves les oreilles, à cette heure du jour ?

– Oui, mes oreilles ont été souillées par les paroles de l'empereur. Il m'a proposé de lui succéder, et de monter sur le trône.

– Je comprends que tu te laves ! dit le paysan, et dans ces conditions je ne laisserai pas ma vache boire cette eau souillée. »

*

Provocation, impertinence, le grand rire libérateur du Zen. Le moine considère d'un œil égal le prince et le pauvre hère, le lion et le vermisseau. N'enviant rien, ne possédant rien, le Zen est la liberté parfaite.

Qui est le vrai Roshi ?

Conte d'origine indienne

Un notable indien appelé Roshi était un grippe-sou, un harpagon. Il y a deux sortes d'avares, le racle-deniers qui entasse pour le plaisir d'entasser, de « cajoler son argent mignon », et le pingre qui rationne sa maisonnée, son entourage, pour jouir seul de son bien. Tel était Roshi, un abominable égoïste.

Un bel après-midi d'été, il partit dans la forêt avec pour toute compagnie un âne chargé de victuailles. Là, ayant repéré un endroit tranquille, il s'installa, s'étala, prit ses aises, et commença un plantureux repas. Il se goinfra de viandes, de riz au curry, de desserts – surtout les crèmes sucrées dont il raffolait. Il but en abondance les vins les plus rares, les plus chers, les plus capiteux. Enfin repu, heureux, il déclama ainsi à l'adresse du ciel, des oiseaux et des bêtes des bois :

« Moi, Roshi, c'est maintenant mon festival !
À mon gré j'ai du vin, et grande est ma volupté.
Je surpasse et passe tout homme.
Et l'emporte sur Shaku, l'empereur des dieux ! »

Or, ce jour-là, Shaku[18] l'entendit par hasard. Il fut outré de l'impudence et de la vanité du personnage, et décida de le châtier.

L'empereur des dieux, qui règne sur trente-deux cités, prit alors la forme et le visage de Roshi et se présenta dans sa demeure. À peine entré, il ordonna que l'on ouvre les greniers et que l'on distribue sans compter le grain aux pauvres de dix régions. Quand il ne resta rien, il vida les coffres et dispersa l'or, chacun en reçut, du moindre serviteur jusqu'au plus petit marmiton. Enfin il fit mettre les tonneaux en perce, et le vin coula à flots. On l'entoura, on l'embrassa, on le fêta. La liesse était à son comble, et ce n'étaient que ripailles, rires et chansons, lorsqu'on entendit quelqu'un frapper rudement au portail :

« Holà ! Maudits fainéants, il n'y a donc personne pour m'ouvrir ! »

C'était le vrai Roshi qui s'en revenait de la forêt.

Le vieux gardien arriva, les jambes un peu flageolantes, à cause du vin qu'il avait bu :

« Qui êtes-vous, mon-mon-sieur ? articula-t-il avec difficulté.

– Vieil imbécile ! C'est moi, Roshi, ton maître !

– Ce n'est pas po-po-ssible, mon maître est à l'in-l'in-térieur ! » bafouilla-t-il, et il s'éloigna avec dignité.

Fou furieux, Roshi se mit à cogner au portail, il hurla, mena un tel vacarme qu'à la fin les gens de la maison accoururent. On le fit entrer, et les deux Roshi se trouvèrent face à face. Qui était le vrai ? Mêmes yeux noirs et malins, mêmes double menton et ventre rebondi. Chacun donna son avis. Les serviteurs penchaient pour l'empereur des dieux, les enfants avec enthousiasme le désignaient aussi. L'épouse, elle, hésitait. Elle eût bien choisi le Roshi aimable et généreux, mais l'autre lui avait parlé à l'oreille d'un certain grain de beauté qu'elle avait sur le sein gauche et elle était troublée. L'intendant, qui était un homme prudent, déclara qu'il ne pouvait se prononcer et qu'il attendrait de savoir d'où soufflait le vent. La confusion risquait de s'éterniser quand l'épouse prit une décision : « Allons demander à Bouddha, dit-elle. Lui seul voit le secret des cœurs au-delà des apparences, il nous éclairera. »

Bouddha reçut les deux Roshi dans sa demeure du ciel. « Le vrai Roshi, dit-il, est celui qui suit la *voie*, il pratique la justice, il manifeste l'Atma par sa compassion envers toute créature. » Roshi, le jouisseur égoïste, l'avare, sut alors que la cupidité, le mépris des autres qu'il avait montrés jusqu'alors n'étaient que des accidents, des déformations, un masque qui cachait son vrai visage. Lui, Roshi, participait à la nature du Bouddha, c'était là sa vérité. Shaku au même moment reprit sa forme première, et redevint l'empereur des dieux, et Roshi retourna dans sa demeure, emportant avec lui la paix et la lumière.

*

Le Zen sait ces choses. Il appelle chacun à reconnaître derrière le kaléidoscope des apparences la nudité, la simplicité paisible de son visage originel. Ainsi a-t-il été rapporté par les Sages du passé.

« Dieu créa l'homme à son image, à l'image de Dieu il le créa. » (Genèse, I, 27.)

La corde d'argent

Un clair matin, Bouddha se promenait dans les cieux, aux bords du lac de la Fleur de lotus, et il rêvait sous la tiède caresse du soleil. Comme il se penchait sur l'eau du lac, il aperçut dans les profondeurs bouillonnantes de Naraka (l'enfer) un homme qui se débattait furieusement, et semblait appeler à l'aide. Aussitôt, Bouddha le reconnut. C'était un homme du nom de Kantuka, un voleur, un débauché, un abominable assassin qu'il avait rencontré pendant son passage terrestre. Bouddha est l'infinie compassion. Il se souvint que, une fois dans sa vie, ce Kantuka avait manifesté un peu de bonté. Une grosse araignée s'était posée sur sa sandale ; au lieu de l'écraser, il l'avait épargnée et passé son chemin.

Je vais lui porter secours, songea Bouddha, pour ce geste de compassion. Qui sait, il reste peut-être une lueur de générosité chez ce malheureux. Il prit alors un fil d'araignée, le fit descendre dans le lac en direction de Kantuka. Le fil se transforma en corde d'argent, et le bandit l'agrippa solidement. Il commença à monter. L'ascension était rude. Kantuka y employait toutes ses forces. Il s'acharnait des mains, des genoux, des pieds, suant, et soufflant. Bientôt, il aperçut un coin de ciel bleu au-dessus de sa tête. Il redoublait d'efforts, quand il jeta un coup d'œil vers les bas-fonds. Horreur ! Une dizaine de ses anciens compagnons saisissaient la corde d'argent et s'efforçaient de grimper à leur tour.

Cette corde risque de ne pas être assez solide pour nous soutenir tous, se dit Kantuka. Il se souvint alors qu'il avait gardé dans une poche secrète son couteau d'assassin. « Je vais trancher cette corde, songea-t-il, et me débarrasser d'eux. » À peine avait-il formulé sa pensée que la corde d'argent se rompit au-dessus de lui, et il retomba pour toujours dans les Enfers.

Le vêtement de lumière

Il était une fois un pauvre pêcheur nommé Hakyu Ryu, qui prenait fort peu de poissons et subsistait à grand-peine. Il vivait seul, n'étant pas assez fortuné pour prendre femme, dans une misérable cabane, située près d'une belle forêt de pins, au pied du mont Fuji-Yama, dont le sommet est recouvert de neiges éternelles. Devant sa porte s'étendait une longue plage de sable blanc, et il contemplait jusqu'à l'horizon le bleu éclatant de l'océan Pacifique. Hakyu appréciait ce paysage enchanteur, et il rêvait souvent. Cela l'aidait à vivre.

Un matin de printemps, il traversait la forêt de pins lorsqu'il aperçut accroché à une branche un vêtement magnifique ; il était fait de plumes légères argentées et dorées, l'étoffe semblait tissée de lumière, et Hakyu en fut comme étourdi. Tenté, il hésita, jeta un coup d'œil alentour. Il était seul. Il prit le vêtement, le porta dans sa cabane, et le dissimula sous un tas de bois. Le soir, sur son tatami, avant de glisser au sommeil, il calcula les bénéfices que lui procurerait son larcin. « J'irai demain au marché, je vendrai ce vêtement un bon prix, j'achèterai des filets neufs et solides, peut-être une barque, je ferai ainsi de belles pêches, je deviendrai un homme riche, alors je prendrai femme... » Sur ces visions merveilleuses, il s'endormit.

Pendant la nuit, il fit un rêve. Une très belle jeune fille lui apparut : « Je suis un ange, dit-elle, je viens des cieux pour visiter le monde. Mais vous avez pris mon vêtement, et je ne puis retourner au ciel sans ma robe. Je vous en supplie, rendez-la moi ! »

Hakyu l'interrompit :

« Je ne comprends rien à vos paroles, je ne vous ai pas dérobé votre robe, que je n'ai jamais vue ! Mais puisque vous êtes dans ma maison à cette heure de la nuit, venez donc partager ma couche. » Et, saisi d'un brusque désir, il l'enlaça et voulut l'embrasser. C'est alors qu'il se réveilla. Ce rêve lui laissa un goût amer dans la bouche, et il eut honte. « Comment ! se dit-il, je vole un vêtement magnifique, je mens à la jeune fille à qui il appartient, et je veux la contraindre à partager ma couche. » Il se souvint d'un vieux maître zen dont il avait suivi les enseignements dans sa jeunesse. « Il n'y aura ni paix ni bonheur pour toi si tu ne pratiques la justice, si tu t'écartes de la vérité, si tu n'éprouves pas de compassion. » Hakyu décida alors de rechercher partout la jeune fille, et de n'avoir de repos qu'il ne lui ait restitué son vêtement de lumière.

Le lendemain de très bonne heure, il se rendit sur la plage, scruta l'horizon, en vain. Il s'approcha du bois de pins, et là, sous un arbre, il aperçut la jeune fille de son rêve qui pleurait. Il lui rendit son vêtement. Elle le remercia avec beaucoup de joie et d'effusions. Quand elle revêtit sa robe de lumière, elle se transforma et devint un ange qui s'éleva doucement dans les cieux en dansant avec une grâce inouïe. Le théâtre nô représente souvent cette danse de l'ange. C'est un spectacle extraordinaire, l'un des plus beaux que l'on puisse imaginer. Hakyu le vit le premier, et il tomba en extase. Il rentra dans sa cabane. Les jours suivants, il prit autant de poissons que ses filets pouvaient en contenir. Il se maria, il eut de nombreux enfants, et tous vécurent heureux longtemps, longtemps.

*

Est-ce un conte zen, un conte de fées ? La « morale » semble classique, on pourrait l'exprimer ainsi : « La sincérité, l'équité, la compassion sont des vertus récompensées. Il ne faut pas voler. » Mais ce conte nous dit une autre chose, symbolisée par le vêtement de lumière qui, seul, permet d'accéder au ciel et magnifie toute réalité. Chacun suivra ici le silence, et son intuition.

*

« Maître, la lune claire et paisible brille tellement haut dans le ciel !

– Oui, elle est très loin !

– Maître, aidez-moi à m'élever jusqu'à elle.

– Pourquoi ? Ne vient-elle pas à toi ? »

La lune dans un vieux seau

Le *Satori*, l'*Éveil à la conscience du Bouddha*, l'*Illumination*, selon les doctrines du Zen, surgit à l'occasion d'un événement impromptu, d'un hasard, d'une chance, dans les esprits préparés à l'accueillir. Comme le voleur dans la « maison vide » : l'âme débarrassée de son « ego ».

*

Une nonne étudiait le Zen, jour après jour, depuis trente-trois ans. Elle était entrée au monastère en qualité de jeune novice à dix-sept ans. Elle en avait cinquante, maintenant. Sa vie de fertilité était achevée. Elle n'en gardait pas d'amertume. Elle vaquait aux occupations quotidiennes avec patience et l'humeur égale. Elle préparait le riz ou l'orge grillée, elle allait matin et soir chercher de l'eau au puits distant d'une centaine de mètres. Parfois, un nuage de mélancolie la visitait, elle le chassait. Elle pratiquait zazen avec régularité, elle méditait, elle étudiait les écrits des grands maîtres du passé. Mais elle n'avait jamais connu le *Satori*, la paix inimaginable, qui inonde brusquement l'âme étonnée, le rire, le grand rire de l'*Éveil.*

Un soir, elle revenait du puits et la nuit tombait. Elle observait sans y penser le reflet de la lune dans l'eau du seau. C'était un vieux seau, dont elle avait réparé le fond avec du bambou tressé. Brusquement il céda, l'eau s'échappa, et la lune disparut aussitôt avec l'eau du vieux seau. À cet instant précis, elle connut le *Satori.* Elle fut libre.

Le noble samouraï

Par une belle journée d'été, un noble samouraï, reconnaissable à son chignon d'homme de guerre, ses manchettes métalliques, sa cuirasse à quatre pans, et les deux sabres traditionnels, pénètre d'un pas ferme et paisible dans une modeste auberge de campagne. Nous sommes au XIVe siècle, dans un village de la grande île de Honshu. Un nuage d'insectes bourdonne dans l'air surchauffé.

*

Le noble samouraï s'assoit, commande un plat de riz. Il défait le haut de sa cuirasse, dépose avec précaution et respect ses deux sabres. Il est le seul voyageur. Il mange, portant les baguettes à sa bouche, en un geste harmonieux et précis. À ce moment, l'on entend de bruyants éclats de voix. Trois rônins, guerriers vagabonds, sans maître *(daymio*[19]*)*, plus proches en vérité de bandits de grand chemin que d'authentiques samouraï, font irruption dans la salle. Ils interpellent avec grossièreté l'aubergiste, réclament du saké, s'assoient en se bousculant. Leurs épées étincellent. Soudain, l'un d'entre eux remarque le samouraï silencieux, le nez dans son écuelle, et les deux sabres magnifiques posés à côté de lui. Il fait signe à ses compagnons. Les rônins échangent un coup d'œil, et se consultent à voix basse. Le samouraï est seul, sans méfiance. L'aubergiste, qui n'est pas un homme de guerre, ne compte pas. Ils sont trois. Ils posent les mains à la garde de leurs épées, prêts à bondir. À cet instant le noble samouraï soulève négligemment la baguette, qu'il tient dans la main droite, et d'un geste coupant et net, vif comme l'éclair : « Clac, clac, clac ! », il abat trois mouches qui bourdonnaient à ses oreilles ; et il se remet tranquillement à manger, sans lever le nez de son plat.

Les trois rônins laissent trois pièces de cuivre sur la table, et quittent l'auberge, en silence.

*

Quand un adepte du Zen, un sage, est délivré du désir, de la vanité, de la peur, quand son « moi » s'est effacé, quand il est ouvert à l'infini de l'Atma au-dedans de soi ; alors il peut vaincre sans sabre, sans épée, sans combat.

Le voleur et le moine

Conte d'origine chinoise

Il était une fois un voleur singulièrement malfaisant et cruel. Les textes anciens ne nous révèlent pas son nom. On sait qu'il vivait sous le règne du sage empereur Go-Sanjo Tenno, peu après l'an mille. Son histoire fait songer à celle de Jean Valjean, le héros du roman de Victor Hugo : *Les Misérables*.

On se souvient de l'épisode où Jean Valjean, évadé du bagne, est accueilli avec bonté par Mgr Myriel, l'évêque de Digne. Au matin, Jean Valjean s'enfuit en emportant un plat d'argent et deux chandeliers. Arrêté par les gendarmes, traîné devant l'évêque, il l'entend avec stupéfaction déclarer :

« Cet homme n'a pas volé, je lui ai offert ce plat d'argent, et ces deux chandeliers, laissez-le aller en paix. » Alors... une petite lumière s'éveille dans l'âme endurcie du bagnard, une petite lumière qui va transformer sa vie.

Dans le conte zen, le voleur est un bandit de grand chemin, sans foi ni loi, et à la différence de Jean Valjean il a volé bien autre chose qu'un pain. Mais les deux histoires sont jumelles.

*

En ce temps-là vivait aux environs de Heian-Kyo, dans un temple perdu dans la forêt, un moine connu pour sa grande sagesse, nommé Shichiri Kojun. Ce soir-là, le saint homme était seul. Il récitait des *sûtras* aux pieds d'une statue du Bouddha. Soudain, la porte du temple s'ouvre à la volée. Un homme d'aspect effrayant, grossièrement vêtu, fait irruption dans la salle de prière. Il met sur la gorge de Shichiri sa longue épée effilée :

« Moine ! hurle-t-il, donne-moi l'argent des offrandes, ou je te coupe la tête et la fais rouler au pied des autels ! »

Shichiri était installé en Siddhasana (la posture parfaite), le dos droit, les genoux repliés, il garda la position, et pas un muscle de son visage ne tressaillit :

« Prends l'argent qui est dans le vase des offrandes, dit-il, ne me dérange pas dans mes prières. »

Et il reprit la récitation des sûtras.

Le voleur se dirigea vers l'endroit indiqué et commença de remplir ses poches. Dans sa hâte, il faisait tinter les pièces, et parfois un juron lui échappait, quand l'une d'elles roulait sur le sol. Il faut reconnaître qu'il était embarrassé par sa grande épée.

Au bout d'un moment, sans tourner la tête, le moine dit :

« Ne prends pas tout l'argent, je dois payer demain matin l'impôt du temple. »

Le voleur, impressionné par la fermeté de la voix et le sang-froid imperturbable du moine, laissa en maugréant un peu d'argent au fond du vase des offrandes.

Il s'en allait avec son butin lorsque le moine dit encore :

« Quand on reçoit un présent, on doit remercier, fais-le ! »

Le voleur subjugué marmonna un vague merci, et disparut.

Un an plus tard, le voleur fut arrêté. Il avoua entre autres méfaits le vol commis au temple, crime qui était puni de mort. Confronté au moine, il l'entendit avec stupeur déclarer :

« Moi, Shichiri, je déclare que cet homme n'a pas profané le temple, je lui ai donné une grande partie de l'argent des offrandes, et il m'a remercié, tout est en ordre. »

Le voleur fut condamné à cinq ans de prison seulement. Quand il fut libre, il vint trouver Shichiri dans le temple perdu dans la forêt, et il devint son disciple. Au long des années, les visiteurs et les pèlerins admiraient sa profonde piété. Ainsi a-t-il été rapporté des histoires du passé.

Le diamant de l'empereur

Cette histoire est maintenant du passé. Il était une fois un empereur si riche et si puissant qu'il régnait sur quatre-vingt-quatre mille rois vassaux. Il avait dans son harem trois mille épouses, qui lui avaient donné quatre cents fils et une multitude de filles, et l'on ne pouvait dénombrer ses chevaux, ses éléphants, et ses palais. Dans sa jeunesse, ce grand empereur avait eu pour compagnon de jeu le peintre de la cour chargé de décorer les cloisons et les paravents du « Pavillon de la pureté et de la fraîcheur ». Le souvenir de cet ami était resté doux en son cœur.

Or, le grand empereur aimait aller se promener, déguisé, dans les rues de sa capitale, Heian Kyo, que l'on nomme aujourd'hui Kyōto. Un matin, il déambulait ainsi sur la place du marché parmi les étals de poissonniers, quand il buta sur le corps d'un homme à moitié enseveli sous les détritus. Il se pencha, et reconnut son ami de jeunesse, le peintre Toshibu. Ce dernier portait des habits déchirés, couverts de vermine, et il était manifestement dans un état avancé d'ébriété. Compatissant, le grand empereur glissa dans la poche du vêtement de Toshibu un très gros diamant, qui ornait habituellement son oreille droite. Ainsi, songea-t-il, quand mon malheureux ami aura recouvré ses esprits, il trouvera le diamant, le vendra, et pourra mener désormais une vie honorable. Il s'en alla, très heureux d'avoir satisfait les dieux par sa bonne action et sauvé de la misère l'ami de sa jeunesse.

Les années s'écoulèrent au sablier du temps. Le grand empereur eut encore cinquante fils. Le dernier, engendré par sa première épouse, naquit avec une peau couleur d'or. Ses cheveux étaient d'un noir de jais brillant, extraordinaire, ses paumes portaient la marque de la roue aux mille rayons, sur la plante de son pied gauche était gravé un sabot de cheval, et sur la plante de son pied droit, une patte d'éléphant. À ces signes, l'empereur comprit que sa fin était proche, et que lui était né le fils appelé à lui succéder. Alors, « avant de passer au-delà du chagrin », comme disent les textes anciens, et d'obéir à la loi de l'impermanence, il résolut d'aller une dernière fois se promener incognito dans les rues de sa capitale. Il passait sur la place du marché, quand il heurta presque un mendiant. C'était Toshibu, toujours aussi misérable :

« Tu es encore dans cet état de pauvreté, s'étonna le grand empereur.

– Tu sais bien, dit Toshibu, que je n'ai jamais été habile à gagner de l'argent, et depuis que ton honorable père m'éloigna de la cour, pour avoir peint une scène de chasse qui déplut à sa troisième épouse, je traîne une vie lamentable.

– Mais comment se fait-il, dit l'empereur, que tu n'aies pas trouvé le gros diamant que j'avais placé dans la poche de ton vêtement ? »

Toshibu le contempla d'un air ahuri, et répondit :

« Je vois bien que tu te moques de moi ! Je suis un misérable, et aucun diamant n'ira jamais se loger dans mes poches ! »

Et ce disant, il tourna le dos et s'en alla mendier plus loin.

*

« Avant de passer au-delà du chagrin », comme disent les textes anciens, et d'obéir comme tout homme à la loi de l'impermanence, regarde les trésors qui sont sous tes yeux, et que tu ne sais pas voir. Ainsi parle la sagesse zen.

Un âne en Chine

Conte d'origine chinoise

Il était une fois un paisible baudet du Poitou, que des circonstances fortuites entraînèrent sur les mers. Le bateau où il avait embarqué en compagnie de trente de ses congénères, quatre-vingts vaches et veaux, et nombre de moutons, coqs et poules, fit naufrage dans l'océan Pacifique. Le hasard des courants le jeta à demi mort sur un rivage de Chine. Là, il dut survivre, selon l'herbe, et les méandres des rivières. C'est ainsi que, une année après la catastrophe, il broutait tranquillement au cœur de la forêt de Tian.

Les habitants ordinaires de la forêt, singe, renard, et Sa Seigneurie le tigre, n'avaient jamais connu d'animal semblable. Le singe le premier l'observa du haut d'un arbre :

« Il s'apparente au cheval, dit-il à ses compagnons, mais il est plus petit, plus poilu. Ses oreilles sont grandes, la queue mince comme un fouet s'achève par une touffe.

– Et que fait-il ?

– Il broute, il broute inlassablement.

– A-t-il des intentions belliqueuses ? interrogea le renard, toujours prudent.

– Quant à moi, je ne crains guère les mangeurs d'herbe », déclara Sa Seigneurie le tigre, et, haussant dédaigneusement les épaules, il se recoucha.

« C'est-à-dire…, fit le singe en hésitant, je me suis approché de cet animal étrange, et je l'observais, dissimulé dans le feuillage épais d'un camphrier, quand il a brusquement levé la tête vers le ciel, et poussé un cri assourdissant, horrible, épouvantable ! Je suis parti aussi vite que je l'ai pu, et me voici…, conclut-il piteusement.

– Hum ! fit le renard, je vais me glisser dans les herbes, et aller voir cela de plus près. Viendrez-vous avec moi, Seigneur ? demanda-t-il poliment au seigneur tigre.

– Bof », fit ce dernier, en jouant avec ses griffes redoutables.

Le renard s'approcha de l'endroit où maître Aliboron continuait de brouter. Au bruit léger qu'il fit, l'âne leva la tête, et lança à tout hasard un braiment tonitruant. Le renard affolé, qui n'avait jamais ouï de pétarade aussi éclatante, se sauva à toutes pattes.

Il fit son rapport à Sa Seigneurie le tigre.

« Bon, dit le félin, il faut donc que j'aille voir cela par moi-même ! » Et il se leva paresseusement, car il avait fort bien dîné la veille d'une grasse antilope. Il se dirigea vers la prairie, où l'âne, qui ne se doutait de rien, broutait à loisir, choisissant ici et là les herbes qui flattaient son palais, ajoutant de temps en temps quelque chardon bien épineux, en guise de délicates épices.

Le tigre avançait souplement. Quand il fut tout proche, l'âne détecta une présence insolite parmi les fourrés, il lança un braiment d'avertissement. Au bruit formidable, le félin recula d'un pas. Mais il se ressaisit.

Je suis le tigre, le seigneur de ces lieux, s'encouragea-t-il, et il s'approcha de nouveau à foulées prudentes. Alors l'âne, les flancs creusés pour mieux expulser l'air, la tête levée vers les cieux, les naseaux dilatés, la queue droite, les oreilles haut dressées, lança trois fois de suite un braiment étourdissant, phénoménal, audible à des kilomètres : « HI HAN, HI HAN, HI HAN… ! »

Le tigre, cette fois eut vraiment peur. « Il va me dévorer », se dit-il, et toute honte bue, il s'enfuit vers sa demeure.

Il était presque arrivé chez lui quand un reste d'orgueil lui cingla les reins : « Je vais affronter ce monstre, gronda- t-il dans sa moustache. Je le dois à mes glorieux ancêtres, et dussé-je périr, je ne faillirai pas à l'honneur ! » Armé d'un noble courage, Sa Seigneurie le tigre revint dans le pré, où l'âne du Poitou, paisiblement, broutait. Le félin s'installa à l'orée des arbres et, bien dissimulé, il attendit. L'animal étrange broutait toujours. De temps en temps, soit qu'il eût détecté une présence inconnue, soit pour se distraire, ou pour s'éclaircir le gosier, il lançait vers les nues son braiment sonore. Le tigre, peu à peu, s'habituait à ce bruit stupéfiant, qui n'était suivi d'aucun effet. Et les heures du jour passèrent. L'âne broutait, le tigre guettait. La nuit était presque venue quand le Seigneur de la jungle osa s'approcher. L'âne émit un braiment indigné, qui remplit de crainte les bêtes de la forêt. Le tigre recula d'un pas, et de nouveau s'avança. Le baudet, importuné, lança une ruade, que le tigre évita facilement. Le manège se renouvela plusieurs fois. Le tigre s'approchait, l'âne ruait dans le vide. « Bon, se dit le tigre, qui progressivement se rassurait, cet animal bizarre n'est pas dangereux. Il possède le tonnerre dans son gosier, mais c'est tout ce qu'il sait faire ! » Et la peur le quitta.

*

Le Zen nous enseigne à voir la réalité, sans a priori, sans la déformer, sans projeter sur elle nos fantasmes, à l'« accueillir », telle qu'elle *est.* C'est le chemin de l'Éveil.

La tortue et les deux hérons

Conte d'origine chinoise

En ce temps-là, dans la province du Hou-Nan, au sud-est de la Chine, sur les bords d'un lac tranquille, trois amis vivaient en paix. Deux grands oiseaux habillés de blanc et de gris, au bec solide, les ailes immenses comme des voiles, le cou long et flexible, des hérons cendrés *(Ardea cinerea)* nommés Tching et Tchang, et une dame tortue d'un âge avancé, Pi-Houan. La tortue avait un caractère difficile : rancunière, susceptible, grincheuse, mais elle gardait le logis, quand les nobles oiseaux s'en allaient pour des pêches lointaines. Ils la trouvaient au retour, fidèle. Et avec sa tête un peu massive, son dos rayé, sa façon de se retirer en grommelant sous sa carapace, ils l'aimaient… comme l'on aime un paysage familier, un point d'ancrage sur les eaux mouvantes, dans les ciels changeants.

Un soir, dame Pi-Houan, la tête ramassée dans le cou, à son ordinaire, s'affairait à préparer le repas, quand Tching, qui était perché sur une branche d'arbre et se lissait les plumes, observa : « J'ai l'impression que les eaux de notre "lac de la Tranquillité" baissent de façon alarmante.

– Elles baissent tous les étés, grommela Pi-Houan.

– Moins il y a d'eau et plus facile est la pêche », dit Tchang, et il rit avec insouciance : « Kréééé.. ik, Kréééééé… iik ! ».

« Hum ! fit Tching, en vérité, je suis inquiet… »

Dame tortue haussa ses épaules massives, et Tchang continua de se gratter délicieusement le creux des ailes, de son bec encore rose.

Et la nuit, dans le ciel orange de Chine, tomba brusquement. Les trois amis s'endormirent dans un dernier flamboiement.

L'été s'avançait, pas une goutte de pluie. La sécheresse devint terrible. Le cours des rivières baissait, les champs de coton, les rizières n'étaient plus irrigués. Le petit lac paisible découvrait ses fonds vaseux. Une période de famine s'annonçait. Un soir, les trois amis tinrent conseil :

« Nous devons partir vers le nord, déclara Tching, toute la région jusqu'à Canton est victime de la sécheresse, il faut nous envoler loin d'ici dès demain !

– Allons voir des cieux nouveaux », dit Tchang avec légèreté, et il rit : « Krééé..ik »

Mais une voix coupante l'interrompit brutalement :

« Et moi ! ! s'exclamait Pi-Houan, indignée. Comment vais-je partir ? Je suis vieille, ma carapace est lourde, et je n'ai pas d'ailes comme vous, songez-vous par hasard à m'abandonner ? »

Les deux hérons se regardèrent, contrits. C'est vrai, se dirent-ils, nous ne pouvons laisser ici notre vieille amie, qui serait vouée à une mort certaine. Mais comment l'emmener ?

« Il faut trouver une solution », dit Tching.

Et tous les trois, sous le ciel orange de Chine, partirent se coucher l'esprit occupé par de sombres pensées.

Le lendemain, dès l'aurore, ils tinrent conciliabule. Tching en équilibre sur sa patte droite, Tchang sur la gauche, dame Pi-Houan les yeux courroucés et inquiets débordant de la collerette de sa carapace. « Il n'est pas question de rester seule ici, et de mourir de soif ! fulminait-elle.

– Chère vieille amie, je suis d'accord avec vous, mais comment vous transporter ? Il s'agit d'un long voyage ! soupira Tching.

– Et vous êtes lourde, dame Pi-Houan, plaisanta Tchang. Je me souviens, l'été dernier, quand vous vous êtes posée sur mon pied ! Aïe…

– C'était votre faute…

– Pas du tout !

– J'ai peut-être une solution, dit Tching, nous pourrions couper un solide bâton, nous le tiendrions, Tchang et moi, chacun par un bout, Pi-Houan le mordrait en son milieu…

– Bravo, fit Tchang. C'est une idée remarquable, et dame Pi-Houan ne nous rompra pas la tête avec son bavardage ! »

Il rit de bon cœur : « Krééé.. ik ! » La tortue, un peu rassérénée, eut la sagesse de sourire, et ne dit mot.

« Dame Pi-Houan, insista Tching, surtout n'ouvrez pas la bouche, nous volerons à haute altitude, et malgré votre carapace, si vous tombiez, vous vous briseriez les reins ! »

La tortue acquiesça d'un hochement de tête.

*

Une heure plus tard, les trois amis s'envolaient. Le décollage fut un peu ardu. Les deux hérons n'étaient pas habitués à cette surcharge insolite, mais bientôt ils adoptèrent un rythme régulier, déployant à l'unisson leurs ailes puissantes. Sous eux défilait une campagne désolée. Des champs de coton dévastés, des rizières abandonnées, çà et là des carcasses d'animaux. Vers midi, à mesure qu'ils progressaient vers le nord, le paysage devint plus vert, plus riant. Au milieu de l'après-midi, des paysans qui travaillaient dans les champs aperçurent leur étrange équipage : « Voyez cette tortue, comme elle est intelligente ! s'exclamèrent-ils. Elle se fait transporter par deux hérons ! »

Pi-Houan se garda bien de répondre, mais, tout en mordant le bâton avec énergie, elle savourait les compliments. Ils survolaient maintenant une ville, avec ses temples, ses jardins, ses pagodes aux toits d'or, et les propos flatteurs, qui montaient vers elle, enivraient dame Pi-Houan comme un encens : « Est-ce la reine des tortues, avez-vous remarqué ce brillant équipage ? Quelle façon intelligente de voyager ! »

Les deux hérons poursuivaient leur vol régulier, mais la fatigue commençait d'engourdir leurs ailes. Ils avaient hâte de trouver une rivière, un lac paisible, près duquel se poser.

Comme ils passaient au-dessus d'une prairie, des petits bergers les montrèrent du doigt. Dame Pi-Houan, qui ne se lassait pas des compliments, tendit l'oreille :

« Regardez ces deux hérons, disait un jeune garçon, ils emmènent cette balourde de tortue, sans doute pour agrémenter leur repas du soir, comme ils sont intelligents !

– Stupides bergers, vous n'y comprenez rien ! » voulut s'écrier Pi-Houan. Mais à peine avait-elle ouvert la bouche qu'elle lâchait le bâton, et s'écrasait sur le sol, la carapace éclatée. Les deux hérons descendirent en vol plané, ils arrachèrent une plume grise, une plume blanche de leurs ailes en signe de deuil ; ils tournèrent un instant au-dessus de leur pauvre amie, et disparurent bientôt dans le lointain.

*

Le sage, dit le maître du Zen, accueille d'un cœur égal la flatterie ou le mépris. Il est semblable à la flamme d'une bougie, qui monte droite et claire, et qui, au moindre souffle, ne faseye. Nul ne peut nous agresser moralement sans notre consentement, c'est nous qui ouvrons les écluses au chagrin. Aucune injure ne pouvait faire lâcher prise à la tortue. L'insulte, le mépris, l'anathème représentent l'opinion de celui qui les profère, c'est son problème, pas le nôtre. Il se peut au demeurant que le blâme soit justifié, nous l'acceptons comme tel. Qui est parfait ? Il se peut aussi qu'il soit erroné, partial, injuste, nous le laissons dans la bouche de celui qui l'a prononcé. Notre paix, notre destin sont entre nos mains. « Entre nos dents », bougonne le fantôme de la tortue.

Le lion et le petit lapin blanc

Conte d'origine chinoise

Cette histoire est maintenant du passé. En ce temps-là, vivait dans la province de Heïan-Lung Chian, au nord-est de la Chine, un petit lapin blanc, dont le terrier jouxtait l'antre d'un lion. Ping-Pang était un gentil « connin[20] », il aimait folâtrer dans l'herbe et la rosée ; il était toujours enclin à rire, et à s'amuser. Il avait une épouse et sept enfants. Son voisin Chong-Chang était à l'opposé un vieux lion ronchon, arrogant et solitaire…

« Sept enfants, s'exclamait justement ce matin-là le vieux lion, et c'est votre troisième portée de l'année ! Décidément, mon pauvre Ping-Pang, vous êtes un irresponsable !

– Mais, Seigneur, se défendait le petit lapin blanc, nous n'empiétons jamais sur votre territoire, j'ai fait là-dessus de sévères leçons à mes enfants !

– Sans doute, mais votre existence même est une gêne, une absurdité !

– Cependant…

– Moi, je suis beau et noble, une fière crinière couronne mon chef, ma robe chatoie au soleil ; mon regard impérieux, mes rugissements inspirent le respect… alors que vous êtes une bête ridicule et inutile ! »

Sagement, Ping-Pang ne répondit pas, et il continua de gambader au soleil. Mais alors qu'il exécutait trois belles cabrioles devant la caverne du lion, celui-ci entra brusquement dans une fureur épouvantable :

« En voilà assez ! tonna-t-il. Je ne supporterai pas davantage vos manières insolentes ! Je vous donne quarante-huit heures pour trouver un autre gîte. Si votre famille de pouilleux n'a pas déguerpi dans deux jours, je vous écraserai sous ma patte, tous, jusqu'au dernier.

– Mais, Seigneur, argumenta Ping-Pang affolé, comment voulez-vous que nous découvrions en un temps si court le terrain sablonneux, bien exposé au soleil, qui convient pour creuser un nouveau terrier ? Ayez pitié, Seigneur, mes petits n'ont pas encore leur fourrure, ils n'ont même pas ouvert les yeux. Je vous en supplie, Seigneur, accordez-nous un délai…

– Deux jours, pas une seconde de plus ! », rugit Chong Chang.

Le petit lapin blanc rentra chez lui songeur. Il médita jusqu'au soir. Enfin, son humeur aimable réapparut.

« J'ai résolu notre problème, confia-t-il à son épouse, ne t'inquiète plus de rien. »

Il se coucha, rasséréné, et chacun dormit en paix dans le terrier. Le lendemain, quand se leva l'aube aux doigts de rose, Ping-Pang se rendit dans la caverne de son terrible voisin :

« Ô grand et puissant Chong-Chang, dit-il en s'inclinant très bas, hier, je cherchais un emplacement pour installer un nouveau terrier, selon vos ordres, noble Seigneur… »

Le lion approuva d'un grognement.

« … quand je fis la connaissance, de l'autre côté de la montagne, d'un animal qui m'a déclaré : "Je suis le plus fort, le plus puissant, le roi de cette vallée, et de toutes les terres à la ronde !" Et il a rugi de façon épouvantable. Son aspect effrayant m'a glacé le sang, j'en tremble encore !

– Stupide "cul-blanc", misérable lapin de garenne ! Pourquoi n'as-tu pas expliqué à cet animal prétentieux que c'était MOI le plus fort, le plus puissant, le roi de toutes les terres à la ronde ?

– Mais je le lui ai dit, Seigneur ! Il a ri, et il m'a répondu qu'il vous terrasserait d'un seul coup de patte, qu'il vous écraserait comme un vulgaire moustique.

– ARROUOUOUOU… GH ! explosa le vieux lion. Ce flambard, ce bouffon prétend qu'il m'écrasera d'un seul coup de patte ? Mène-moi jusqu'à lui, je n'en ferai qu'une bouchée…

– C'est-à-dire…, hésita Ping-Pang.

– Tu as peur ! ricana Chong-Chang. Mettons-nous en route sur-le-champ ! hurla-t-il.

– Bien, Seigneur », fit le petit lapin avec humilité.

Il arborait une figure si humble, si contrite et soumise, que tout autre que le lion se serait méfié.

La marche fut longue, car Ping-Pang effectuait de nombreux détours, tandis que son compagnon s'essoufflait en vaine colère : « Comment ! soliloquait-il. Oser me défier MOI, Chong-Chang, quelle impudence ! Je réduirai ce fat, ce vantard à merci, j'en ferai une carcasse pour les hyènes, de la charogne pour les vautours ! ! »

Et le vieux lion s'échauffait à mesure que la course se prolongeait. Le soir tombait quand enfin Ping-Pang s'arrêta :

« Seigneur lion, dit-il en esquissant une révérence, celui qui affirme qu'il vous écrasera d'un seul coup de patte est ici, au fond de ce puits. »

Aussitôt, Chong-Chang se jeta contre la margelle, et il tourna vers le fond du puits sa face courroucée. Alors, il vit une bête effroyable, ses babines découvertes montrant d'horribles crocs. Chong-Chang eut comme un frisson. Mais il se ressaisit. Sa figure se révulsa de colère, une grimace de cauchemar lui répondit, et plus il étouffait de rage, plus l'autre animal manifestait une hargne semblable. Il fulminait, son adversaire écumait, et leurs rugissements se mêlèrent en un seul cri abominable :

« ARROUOUOUOU… GH ! »

« ARROUOUOUOU… GH ! »

L'écho s'éteignait à peine quand Chong-Chang entendit un petit rire amusé. À quelques pas de là, le petit lapin blanc, dressé sur ses pattes de derrière, se moquait ouvertement de lui. Alors le vieux lion sentit brusquement la fatigue de la course, le poids des ans, la mélancolie de sa solitude. Il comprit qu'il s'était emporté contre sa propre image, son reflet dans l'eau du puits. Il eut honte. Il décida de ne plus revenir dans sa tanière, et de finir ses jours de l'autre côté de la montagne.

Ping-Pang, lissant ses moustaches, rentra paisiblement chez lui.

*

« Quelle est la Voie ? demande le disciple.

– La perception aiguë de l'évidence des choses », dit le maître zen.

Histoire de Ryonen

Ryonen, dont le nom signifie « claire compréhension », était une jeune fille parée de toutes les grâces. Le teint blanc nacré, les cheveux épais relevés en lourd chignon sur la nuque fragile, les yeux profonds comme un lac, elle était élégante et fine, et son maintien parfait. Issue d'une noble famille de guerriers samouraï, Ryonen possédait un grand talent de musicienne, elle était également douée pour la peinture et la poésie. L'impératrice la remarqua entre toutes les dames du palais, et l'appela dans son cercle intime. Ryonen était alors âgée de dix-sept années, et cette histoire se passait vers les années 1700, pendant la période d'Edo, sous le shôgunat de Togugawa Yoshimune, dont le sage gouvernement assura au Japon un long cycle de prospérité et de paix.

Ryonen ne se contentait pas d'être merveilleusement belle, elle alliait aux qualités de l'esprit celles du cœur, et tous, de la plus noble dame à la moindre servante, l'aimaient. Aussi la surprise et la consternation furent unanimes quand elle annonça qu'elle désirait se retirer dans un monastère pour étudier le Zen. Sa famille alertée opposa un refus formel. Ryonen plaida sa cause. Un compromis fut négocié. Elle devait d'abord se marier, avoir trois enfants, dont un fils pour assurer la continuité de la lignée. Ensuite, si elle le souhaitait toujours, elle serait libre de se raser la tête et d'aller mendier sa nourriture sur les routes, un bol de riz à la main, ou d'aller cacher sa beauté dans un temple zen. Ryonen respectait sa famille et ses ancêtres, elle s'inclina. Et la vie reprit son cours paisible. Sa famille rassurée songeait qu'elle avait complètement oublié sa lubie. D'ailleurs, à l'âge de dix-neuf ans, Ryonen épousa au milieu de fastes extraordinaires un grand seigneur. Elle lui donna deux filles, qui promettaient d'être aussi gracieuses que leur mère, et un garçon solide et calme, le petit Oshiba.

Or, un matin, Ryonen déclara à sa famille stupéfaite qu'elle devait les quitter pour suivre son destin. Elle souhaitait se retirer dans un temple zen, et servir en qualité de nonne. Ni ses parents, ni son époux, ni ses enfants ne purent la dissuader. Elle s'en alla. À vingt-six ans, Ryonen était toujours dans l'éclat de sa beauté, la maternité l'avait encore embellie. Quand elle se présenta au temple d'Edo, et demanda au maître zen Tetsugyu de l'accepter comme disciple, ce dernier, après l'avoir regardée longuement, lui dit :

« Ryonen, tu es trop belle, tes cheveux trop épais et brillants, tes yeux sont des lacs sombres emplis de sortilèges, tu serais dans notre communauté une occasion de désordre, et de troubles. Je ne puis te recevoir. »

Alors Ryonen se rasa la tête, se débarrassa de tous ses bijoux et même d'un bracelet qu'elle avait à la cheville, et qu'elle portait depuis l'enfance, elle revêtit une robe de pauvresse, et se présenta devant le maître zen

Hakuo dans un temple inconnu éloigné de la capitale. Le maître la regarda longuement et lui dit :

« Ryonen, je vois bien ta tête rasée, et tes habits misérables, je devine à tes paroles la sagesse de ton cœur, et je pressens tes vertus, mais tu es trop belle, le nacre de tes joues ferait perdre la tête à mes plus jeunes disciples, et même les plus âgés seraient troublés dans leur méditation. Je ne puis te recevoir. »

Alors Ryonen partit sur les routes, méditant dans son cœur. Un matin, comme elle passait près de l'étal d'un marchand de beignets, elle saisit soudain la poêle brûlante, l'appliqua sur sa joue droite, et la maintint assez longtemps pour s'infliger une monstrueuse blessure. En quelques instants, son exceptionnelle beauté s'évanouit pour toujours.

*

Coupez ces orges devant la fenêtre !
Que je revoie
Les montagnes lointaines.

BUSON (1715-1783) [21]

*

Le Zen nous enseigne que nous sommes de ce monde-ci, mais qu'il ne faut pas s'y laisser enfermer, et que tout obstacle doit être levé. Car nous habitons une maison ouverte, dont un « souffle » à peine perceptible fait battre les portes de proche en proche à l'infini, jusqu'aux « Montagnes lointaines ».

La grue cendrée

Cette histoire est maintenant du passé. Un couple de paysans avait un fils unique appelé Korato. C'était un garçon honnête et bon, qui cultivait le champ familial, coupait le bois pour aller le vendre à la ville. Économe et travailleur, il était le soutien de ses vieux parents. Korato était un homme juste, et sur lui les dieux veillaient…

Un matin, il travaillait dans les bois, quand il entendit un faible bruit, qui semblait provenir de la cime d'un pin : « Krou, ou, ouou… »

Il prêta l'oreille… silence. Mais comme il suspendait un instant sa hache, il crut percevoir à nouveau cet appel : « Krou, ou, ouououou… »

– Y a-t-il quelqu'un ? demanda-t-il, en levant les yeux vers les plus hautes branches.

– Monsieur, aidez-moi, s'il vous plaît, je suis blessée », fit une voix mélodieuse.

Korato entreprit aussitôt de grimper ; il se hissa jusqu'aux branches les plus élevées. Arrivé au sommet, il découvrit, à moitié dissimulée sous les feuilles, une grue cendrée, dont une aile déchirée pendait tristement sur le côté. C'était une créature de rêve. Elle était grande, le maintien plein de noblesse malgré sa blessure, de longues pattes fines ; une huppe délicieuse posée sur le croupion ajoutait à sa grâce. Elle avait un cou délié, sur la nuque l'on distinguait l'adorable tache rouge alizarine qui signe l'espèce… et cette couleur cendrée, dans tous les tons d'ardoise, ces accords de gris, nuancés d'argent au jeune soleil de l'aube. Korato tomba sous le charme. Il entreprit de la secourir. Il ne pouvait la déplacer, il se mit en quête d'eau et de nourriture. Ainsi, pendant plusieurs semaines, il la soigna.

Ils parlaient. Elle lui conta son histoire.

« Il y a des ères et des ères, lui dit-elle, j'étais une princesse à la cour du grand empereur Mahayana, dont mille rois étaient sujets. Ce grand monarque avait trois fils : Mahanada l'aîné, le puîné Mahaveda, et le benjamin : Mahasattva. Je devais épouser l'aîné, mais j'aimais le benjamin, qui était tendre et doux. Je m'enfuis avec lui. On nous rattrapa et je fus mise à mort. Depuis, je suis enchaînée à la roue de la vie, et je poursuis le cycle des renaissances. »

« Korato, dit-elle un soir, tu me rappelles Mahasattva le plus jeune fils de l'empereur Mahayana, comme lui tu es doux et bon. »

Le lendemain, quand Korato grimpa au sommet du pin, la grue cendrée n'était plus là. Guérie, elle s'était envolée. Alors le jeune homme sombra dans la mélancolie. Il travaillait en silence, ne mangeait plus. Ses parents s'inquiétaient. Sa mère, qui était une femme dure et pratique, se lamentait ainsi :

« Que deviendrons-nous, si notre fils meurt ? À

peine si j'ai pu cacher douze piécettes de cuivre dans un pot. Nous n'aurons bientôt plus rien… »

Elle se tordait les mains de désespoir.

Quelques jours après, un matin, l'on frappa à la porte de la chaumière. Korato travaillait déjà dans la forêt. La mère vint ouvrir. Sur le seuil se tenait une très belle jeune fille, son baluchon à la main :

« Je cherche un certain Korato, dit-elle.

– Que lui voulez-vous ? » interrogea la mère, méfiante.

Elle ajouta en maugréant :

« Il n'est pas là, et il ne rentrera qu'à la tombée de la nuit !

– Cela ne fait rien, je l'attendrai », fit la jeune fille d'une voix douce, et elle s'assit devant la maison, son baluchon posé à côté d'elle.

Tout le jour, elle resta là. Quand les parents lui jetaient en passant un coup d'œil curieux, elle répondait d'un sourire modeste. Enfin, Korato rentra. Il était fatigué et triste, comme tous les jours depuis le départ de la grue cendrée, qui avait charmé son cœur.

« Bonjour, dit la très belle jeune fille.

– Qui êtes vous ? demanda Korato.

– J'ai des choses importantes à vous dire… », et elle sourit.

« Entrez », dit Korato d'un ton las.

Mais comme il croisait son regard sur le seuil, il aperçut dans les yeux de la mystérieuse jeune fille une infinité de ciels gris. Et il eut le cœur troublé.

« Monsieur Korato, dit la belle visiteuse, mon nom est “l'Humble Osaku”, je sais coudre, tisser, cuisiner, allumer le feu, et aucune tâche ne me rebute, je désire vous épouser. »

Korato regardait cette très belle jeune fille, stupéfait.

« Vous nettoierez aussi la cabane, balaierez le seuil, soignerez le père qui est malade ? questionna la mère.

– Je serai une bru docile, et je vous servirai, mère, dit l'Humble Osaku en baissant les yeux et en inclinant le buste avec respect.

– Épouse-la, Korato », décida la mère.

Ainsi fut fait.

Marié à l'Humble Osaku, Korato connut sa beauté, alliée à la douceur de cœur, la modestie, le courage, l'ardeur au travail. Elle exécutait toutes les tâches sans jamais se plaindre. La mère était satisfaite. Et la joie revint peu à peu dans le cœur du jeune homme.

*

Le temps passa. La mère, qui ne faisait presque plus rien, avait le temps de réfléchir. Un jour, elle dit à sa bru :

« Humble Osaku, j'ai regardé par hasard dans votre baluchon, que vous aviez caché au fond de l'armoire, et découvert un morceau d'étoffe merveilleuse. Est-ce vous qui l'avez tissé ?

– Oui, mère.

– Eh bien, ma fille, pourquoi ne pas vous mettre au travail, on vous procurera un métier à tisser, et vous nous fabriquerez une étoffe, que nous pourrons vendre à la ville !

– Mère, fit timidement l'Humble Osaku, nous sommes pauvres, mais ne manquons de rien, et ce travail comporte des dangers… »

La mère n'écouta pas. Elle avait le cœur empli de désirs inassouvis. Elle fit le siège de son fils. Tant et si bien qu'un soir Korato dit à son épouse : « Ma tendre amie, pourquoi ne voulez-vous pas tisser cette merveilleuse étoffe que ma mère a aperçue dans votre baluchon ? Nous pourrions récolter des pièces d'or, que ma mère pourrait mettre dans le coffre, à la place des piécettes de cuivre. Nous serions enfin riches ! »

L'Humble Osaku céda. Mais elle avertit son époux :

« Tisser cette étoffe exige que je m'enferme pendant un mois dans le grenier, et que nul ne vienne me déranger. »

Quatre longues semaines s'écoulèrent. Quand l'Humble Osaku réapparut, elle était pâle, amaigrie, épuisée, et semblait presque aux portes de la mort, mais elle tenait dans ses mains une étoffe extraordinaire, un tissu aux couleurs éclatantes, à la fois chaud et léger, doux au toucher comme de la soie, et confortable comme un duvet, un tissu comme nul, jamais, n'en avait vu. Korato alla le vendre à la ville voisine. Un grand seigneur lui en offrit dix mille pièces d'or. Il rentra chez lui, fou de joie. Il acheta pour ses parents une belle maison, et devint un honorable négociant en bois. L'Humble Osaku nc participait pas à l'allégresse générale, elle se remettait difficilement de son travail épuisant, et son regard, autrefois si confiant, se nuançait de mélancolie. Peu à peu, cependant, elle recouvra une santé précaire. Nul dans la famille n'y prêta beaucoup d'attention ; Korato lui-même avait tant de choses importantes et nouvelles à faire…

*

La mère s'était installée dans l'opulence, comme si elle lui était due. Elle menait grand train, s'achetait des robes de prix, s'offrit même un palanquin. Elle voulait rivaliser avec les plus belles dames de la ville. Un jour, elle s'aperçut que le tas d'or dans le coffre, où elle puisait sans contrainte, diminuait. Bientôt, on atteignit la cote d'alerte. Alors, elle se souvint de sa bru :

« Ma fille, dit-elle brutalement, vous allez vous remettre au travail, et nous tisser une étoffe que mon fils pourra vendre à la capitale, et peut-être à la cour… »

Et elle rêvait déjà avec gourmandise au gros tas d'or qu'ils pourraient entasser dans le coffre.

« Mère ! intervint faiblement Korato, vous savez bien que ce tissage particulier est très épuisant, et que mon épouse a été longtemps malade à la suite…

– Bagatelles ! l'interrompit la mère. Les jeunes d'aujourd'hui se plaignent pour un rien. »

Elle renouvela sa demande tous les jours. Elle ne laissait pas un instant son fils en paix, tour à tour insistante, autoritaire, enjôleuse, ou se plaignant avec amertume :

« Tu refuses d'accorder ce dernier plaisir à ta vieille mère, qui s'est tant sacrifiée pour toi ! »

À la fin, Korato céda.

« Fais ce que demande la mère », dit-il à l'Humble Osaku.

Sa tendre épouse lui jeta un long regard, où se mêlaient le désespoir et la résignation :

« Cette fois, dit-elle seulement, il me faudra demeurer trois mois dans le grenier.

– N'en profitez pas pour paresser, ma bru ! » cria encore la mère, alors que l'Humble Osaku disparaissait dans les combles.

Pendant un mois, la mère contint son impatience.

Mais un soupçon la taraudait. Que faisait sa belle-fille, rêvait-elle au lieu de travailler ? Elle avait manifesté si peu d'enthousiasme ! Et la mère, songeant aux pièces d'or luisant doucement dans la pénombre du coffre, sentait son cœur brûler de convoitise. Un matin du deuxième mois, elle ne put résister davantage et, malgré sa promesse, monta au grenier. Arrivée devant la chambre de sa bru, elle colla l'oreille au chambranle. Aucun bruit, à peine distinguait-on le battement doux et régulier d'un métier à tisser. Alors, dévorée par la curiosité, la mère entrouvrit la porte, très peu, d'un souffle, juste l'espace nécessaire pour jeter un coup d'œil. Ce qu'elle vit lui fit jeter un cri d'effroi ! Devant un grand métier à tisser, une grue cendrée s'arrachait les plumes des ailes pour fabriquer le tissu merveilleux, elle était éclaboussée de sang, et sa pauvre tête était exsangue. La mère demeura pétrifiée sur le seuil. La grue cendrée réunit ses dernières forces et s'envola par la fenêtre.

Korato la retrouva le soir à la lisière du bois. Ses ailes mutilées l'avaient empêchée d'aller plus loin. La belle grue cendrée mourut non loin du pin où Korato l'avait jadis trouvée, tandis que le soleil déclinant caressait une dernière fois les tons d'ardoise, le ciel gris nuancé d'argent de sa robe trouée.

Le dieu de la mer

Dans le vieux Japon, le moine pèlerin colportait de province en province, de village en village, les contes édifiants, venus de l'Inde fabuleuse ou de la Chine lointaine. Le saint homme s'installait dans la salle sombre. Quelques braises rougeoyaient dans le foyer ; autour de lui, les paysans formaient cercle, et il commençait par le rituel familier :

VOICI CE QUE J'ENTENDIS :

Un homme, qui avait femme et enfants, s'en allait travailler aux champs. Il portait sur l'épaule une binette, et ses habits étaient ceux d'un paysan. En chemin, une femme jeune et très gracieuse l'arrêta :

« Épouse-moi, lui dit-elle. Je le veux, et rien ne pourra m'en détourner. » Après avoir un peu hésité, l'homme, subjugué par sa grande beauté, accepta. La belle femme lui dit :

« Je veux te montrer ma demeure, et te présenter à mon père. »

L'homme la suivit. Elle le mena sur la plage :

« Entre dans l'océan ! » fit-elle.

L'homme recula, effrayé. Mais elle lui dit :

« Nous nous tiendrons par le bras, tu n'as rien à craindre. »

Ils s'enfoncèrent dans les flots, parcoururent un long chemin et arrivèrent enfin devant un palais magnifique. La belle femme présenta l'homme à son père qui était le dieu de la mer.

« Voici le mari que j'ai trouvé.

– Sois mon gendre désormais », consentit le dieu. Et ainsi fut fait.

*

Or, l'homme continuait apparemment son existence ordinaire. Il vivait avec femme et enfants. Mais quand il partait le matin, sa binette sur l'épaule, au lieu d'aller travailler dans les champs, il se dirigeait vers l'océan, et descendait dans le merveilleux palais de la mer. Les choses allèrent ainsi, quelque temps. Un jour, la femme eut des soupçons. Elle suivit son mari. Elle le vit entrer dans l'océan, elle y pénétra à son tour, et s'aventura dans le palais au fond des eaux. Les gardes la surprirent. Ils s'apprêtaient à la jeter en pâture à des poissons affamés quand le mari intervint :

« C'est ma femme de la terre, dit-il, la mère de mes enfants. Je vais la ramener à la maison. »

Arrivé dans sa demeure, l'homme expliqua à sa femme :

« J'ai épousé la fille du dieu de la mer. Notre fils premier-né est en âge de me remplacer aux champs. Quant à moi, je dois vous quitter, je n'appartiens plus à ce monde, désormais. »

*

« Chacun de nous, conclut le moine pèlerin, est en vérité un dieu dans le palais de la mer. C'est ce que veut dire ce conte. Vous n'en entendrez pas davantage aujourd'hui. »

Il était une fois trois cavaliers

Il était une fois trois cavaliers. Le premier, tout caparaçonné d'or, brillait comme un soleil. Le deuxième, vêtu de blanc et d'argent, étincelait. Le troisième, couleur de bronze, était gris de la tête aux pieds. Tous les trois hantaient l'épaisse forêt proche d'Osaka. Les froides nuits d'hiver, les pauvres bûcherons les entendaient passer. Quelquefois, ils apercevaient les grandes épées scintiller sous la lune. Et chacun rentrait chez soi, terrorisé.

*

Une nuit de nouvel an, le pauvre Goheï tremblait de froid dans sa cabane. Il décida d'arracher quelques lattes, pour allumer un feu. À peine avait-il enlevé trois planches que surgissait devant lui un petit vieillard, débusqué dans sa cachette :

« Qui es-tu, et que faisais-tu sous mon plancher ? demanda Goheï.

– Je suis le dieu des pauvres, et je m'étais réfugié chez toi, afin de passer tranquillement l'hiver », fit l'intrus.

Goheï, qui avait bon cœur, l'invita à se chauffer et à partager son modeste repas. Quand le dieu eut bien vidé son écuelle, il se caressa l'estomac avec satisfaction, et déclara :

« Maintenant, je boirais volontiers un petit verre de saké !

– Je n'ai pas de saké, avoua Goheï.

– Comment ! Pas une goutte d'alcool pour fêter le nouvel an !

– Je t'ai offert tout ce que j'avais, fit Goheï, et je ne le regrette pas, ajouta-t-il, car nous avons conversé de bonne amitié, et c'est le plus agréable nouvel an que j'ai vécu depuis longtemps !

– Tu es un brave garçon, fit le dieu des pauvres, mais tu es décidément trop gueux, même pour moi, aussi vais-je abandonner ta cabane. Avant, je te confierai un secret, qui te permettra, si tu le veux, de devenir riche.

– Que dois-je faire ? interrogea Goheï, les yeux brillants.

– La prochaine fois que passeront les trois cavaliers, saisis un cheval par la bride, et arrête-le, quoiqu'il t'en coûte ! »

Sur ces mots, le dieu des pauvres s'évanouit dans l'air, si prestement que Goheï crut à demi avoir rêvé.

*

La nuit suivante, Goheï, tout tremblant mais résolu, se tenait au beau milieu du sentier qu'empruntaient les trois cavaliers. Minuit sonnait. Comme l'ouragan, ils arrivèrent. Le premier était vêtu d'une longue tunique d'or, la face couverte d'un masque si horrible que Goheï recula d'un pas ; le deuxième, blanc et argent, était déjà là, il brandit une épée menaçante et passa. Le dernier cavalier était gris, on le distinguait à peine dans la nuit. Goheï se jeta sur lui, agrippa les rênes, le cheval se cabra, se dégagea. Et bientôt s'estompait dans le lointain le galop des trois cavaliers. Désespéré, Goheï rentra dans sa cabane. Il y trouva le dieu des pauvres :

« Goheï, Goheï... ! fit celui-ci en hochant la tête, tu ne veux donc pas sortir de ta misère ! Écoute, je veux bien t'accorder une ultime chance. Cette nuit même, place-toi sur le chemin des trois cavaliers. Essaie d'en arrêter un. Si tu n'y parviens pas, tu resteras toute ta vie un traîne-misère. Il ne te faut que du COURAGE ! Ton destin est entre tes mains », insista-t-il.

Et le dieu disparut, laissant en son lieu et place une légère fumée.

*

Le lendemain, il fit moins froid. La terre devint boueuse. Goheï, qui avait répété cent fois les gestes nécessaires, eut peur de glisser. À minuit, arc-bouté solidement au milieu du sentier, il attendait, tous les sens en éveil. Soudain, au loin... le galop sourd des chevaux. Le premier déjà arrivait, immense, doré, effrayant, il rayonnait sous l'éclat de la lune. Goheï écarta les bras, d'un bond prodigieux le cavalier sauta l'obstacle et passa. Le deuxième était là, Goheï se jeta sur les rênes, mais elles glissèrent entre ses mains dans un éclair argenté. Alors Goheï résolut de mourir, plutôt que de laisser échapper le dernier cavalier. Il saisit la bride du cheval gris, il s'y accrocha, il s'y cramponna des ongles et des dents, il s'y pendit de toutes ses forces. Le cavalier leva sa grande épée, le malheureux ferma les yeux mais ne lâcha pas les rênes. Il était emporté, traîné, secoué comme un sac de riz, il résistait toujours. Peu à peu, l'allure du cheval gris ralentit. Goheï ouvrit les yeux, le cavalier avait disparu ; à sa place, il tenait entre ses mains une besace emplie à ras bord de pièces en bronze.

Goheï ne posséda jamais de pièces d'or ou d'argent, il ne fut jamais riche. Mais il eut assez de pièces en bronze pour vivre décemment. Il épousa une jeune fille modeste et sage. Ils eurent beaucoup d'enfants, et ils vécurent heureux, longtemps, longtemps.

*

Les héros, par excellence, symbolisent le courage. Mais les criminels en ont parfois. Étrange vertu, qui s'allie au mal comme au bien, et sans qui pourtant les plus belles vertus ne sont que coquecigrues… les autres vertus ne sont rien.

« Sans le courage, dit le maître du Sesshin[22], le Zen est seulement un rêve de Zen. »

Yamamba

Le Zen nous déprend de nos façons ordinaires de penser. Il nous transmet, au-delà des concepts, des mots, une vérité qui pointe directement au cœur de l'homme.

*

Il était une fois... deux moines, qui s'en allaient rejoindre leur couvent près d'Edo[23]. Ils avaient été retardés par un couple de paysans, qui leur avait demandé de bénir leur fils nouveau-né, et leur maison, et le troupeau. Ils avaient bu par politesse, et charité de cœur, une ou deux coupes de saké. Maintenant, ils se trouvaient à la lisière de la forêt, et déjà la nuit tombait.

Or, l'un des deux moines était aveugle et son compagnon le guidait :

« Ne crains rien, Djiro ! dit le moine éclaireur, nous allons devoir traverser la forêt, où vivent, selon les légendes, monstres et sorcières, mais j'ouvre l'œil, et je te protégerai contre tous les dangers. »

Et il ajouta, d'une voix qu'il raffermissait :

« Tiens mon bras, et avançons hardiment ! »

Les deux moines parvenaient au cœur de la forêt, quand soudain une tarasque abominable sortit d'un fourré. C'était Yamamba, la vieille sorcière édentée, l'effrayante dame des bois. Elle était immense, avec de grandes narines, un nez monstrueux, des yeux injectés de sang où semblaient tournoyer des roues de feu. Sa langue rouge écarlate pendait jusqu'à sa taille. Ses cheveux gris et sales flottaient au vent. Elle avait de très longs bras de squelette terminés par des griffes cauchemardesques, et ses pieds velus frappaient le sol avec rage. Le moine qui servait de guide se mit à trembler de tous les os de son corps.

« Qu'as-tu, mon frère, je n'entends plus ta voix, et je te sens chanceler contre moi, parle-moi, je t'en prie ! »

Le moine clairvoyant, paralysé de terreur, ne pouvait émettre aucun son. Et l'horrible Yamamba s'avançait toujours, elle tendait vers les deux moines ses griffes acérées ; ses yeux rougeoyaient, et sa bouche se tordait en un rire épouvantable.

« Je sens que tu n'es pas bien, dit l'aveugle, je ne comprends pas pourquoi, mais laisse-moi te soutenir et te guider à mon tour, appuie-toi sur moi ! » Et d'un pas ferme, l'aveugle entraîna son compagnon en direction de Yamamba, qu'il ne voyait pas.

Le monstre stupéfait vit les deux moines s'avancer droit sur lui. Ils ne manifestaient aucune peur et semblaient indifférents à son aspect effroyable. Alors Yamamba tira son énorme langue rouge et visqueuse hors du gouffre de sa bouche, jusqu'à ses pieds velus. Elle les foudroya de son regard incandescent, elle ouvrit et ferma ses griffes menaçantes. Tout cela en vain. Entraînés d'une main ferme par l'aveugle, les deux moines avançaient toujours.

Yamamba vaincue s'évanouit dans les airs, et disparut.

*

Ce récit donne à réfléchir : des deux, qui était le véritable infirme ?

Le Dragon de la pluie

Conte d'origine chinoise

Au pays de Chine, les dragons exercent des fonctions considérables. Le « Dragon rouge », par exemple, que l'on nomme aussi « le Dragon du feu »… s'il ouvre les yeux, l'aube se lève, s'il les ferme, tombe la nuit. Quelle responsabilité ! Le « Dragon du tonnerre et des éclairs » surveille les orages. Rude métier ! Le « Dragon des nuages » les rassemble comme des moutons, c'est le berger des cumulo-nimbus. Et rien n'est plus joueur et malicieux qu'un nuage ! Ils se cachent, se métamorphosent en lion, requin ou girafe, ils s'effilochent, se dispersent… Quel travail ! Mais les dragons, qui ont pour mission de courir sus au soleil, à la lune, et de leur mordre l'arrière-train pour les empêcher de musarder, sont peut-être les plus mal aimés, et pourtant ils accomplissent une besogne indispensable ! Que dire enfin du « Dragon de la pluie » ? Il doit verser l'eau de la jarre magique sur les montagnes, les forêts, les rizières, ni trop, ni trop peu, labeur écrasant, qui exige une attention constante. Imaginons qu'il arrose par distraction le désert de Gobi !…

*

On comprend, dès lors, que les dragons aient besoin de temps à autre de détente et de fête. L'une des meilleures occasions est l'anniversaire de l'empereur des dragons. Dans le palais céleste, ce sont gargantuesques ripailles, franches lippées, rires et chansons. Cette année-là, l'orgie durait depuis trois jours. Ce n'étaient, dans les salles et les couloirs, que corps affalés au hasard. Le « Dragon de la pluie » ronflait, cuvant son vin. Mais, comme chacun le sait, un jour pour les dragons équivaut à une année entière pour les humains. Et sur terre, dans la grande plaine de Chine, la situation devenait dramatique. Pas une goutte de pluie depuis trois ans ! Les habitants vinrent en délégation supplier le petit « Dragon d'or », qui est le messager entre les hommes et les dragons du ciel.

« Seigneur dragon, sauve-nous ! Plus une goutte d'eau, les carcasses d'animaux parsèment la plaine, nous allons tous mourir de faim !

– Je vais essayer », fit le « Dragon d'or » saisi de pitié, et il s'envola vers le palais céleste.

*

Arrivé à la cour de l'empereur, il vit un spectacle lamentable. Ce n'étaient que corps allongés çà et là sur les tapis, dans les couloirs. Il découvrit le maître de la pluie, le secoua avec vigueur. Il n'obtint qu'un vague grognement :

« Laissez-moi dooormiiir !

– Mais Seigneur, les hommes meurent, sur terre. Une famine effroyable s'annonce, il leur faut de l'eau de toute urgence !

– Lai-ai-ais-sez-moi dooormiiir ! »

Dans un couloir, le petit « Dragon d'or » rencontra le maître du tonnerre, qui était à peu près lucide. Il lui expliqua la situation. Bien qu'un peu vacillant, le « Dragon du tonnerre et des éclairs » joignit ses efforts à ceux du petit « Dragon d'or ». On secoua derechef le maître de la pluie :

« Réveillez-vous, il faut de l'eau pour les cultures, les rizières, les pauvres habitants de la grande plaine de Chine.

– C'est la-la-la fê... te ! bredouilla le "Dragon de la pluie". Je ne ferai rien, à moins que l'empe-pe-pe-reur ne m'en donne l'ordre ex- ex-... près ! » affirma-t-il, avec une obstination d'ivrogne.

On le supplia, mais rien n'y fit.

La situation était sans issue. Alors, le petit « Dragon d'or » prit le risque d'aller déranger l'empereur. Mais devant la porte des appartements privés de Sa Majesté, il fut intercepté par deux grands gaillards de dragons, armés de hallebardes, qui lui interdirent le passage : « Nul ne peut entrer ici, sous peine de mort ! »

Le petit dragon s'en alla en se tordant les griffes de désespoir. Il songeait aux malheureux humains, qui mouraient sur terre, et certains, en particulier, qu'il avait appris à aimer. Que faire pour les sauver ? Il résolut de poser l'acte le plus grave que puisse commettre un dragon : utiliser faussement la parole sacrée de l'empereur. Il s'approcha du maître de la pluie et lui corna brutalement dans l'oreille :

« Sa Majesté te donne l'ordre de faire pleuvoir sur la grande plaine de Chine. »

Aussitôt, bien qu'à moitié assoupi, le « Dragon de la pluie » saisit la jarre magique, versa l'eau sur la grande plaine de Chine, et il se rendormit.

Le petit « Dragon d'or » revint sur terre, et constata avec bonheur que les champs reverdissaient. Ses amis humains étaient sauvés.

Huit jours plus tard, le « Dragon d'or » était convoqué au palais céleste, et mis en présence de l'empereur :

« Comment as-tu osé te prévaloir de mon nom sacré, et donner un ordre à ma place ! Ce crime est puni de mort, et je puis te condamner à être brûlé vif sur l'heure !

– Je le sais, Seigneur, dit le petit Dragon, les yeux baissés.

– Mais la réponse "juste" exige parfois que l'on contrevienne aux règles, et que l'on désobéisse », fit l'empereur. Pensif, il ajouta :

« La compassion est une voie de libération. »

Et, d'un geste presque paternel, il le congédia.

*

« Maître, la leçon de ce conte est fort claire !

– Et quelle est cette leçon, Toshibu ? interroge le maître du Zen.

– La compassion dont a fait preuve le petit Dragon d'or envers les humains est la plus belle des vertus.

– En es-tu sûr, Toshibu ? Je crois que la leçon est tout autre... »

Et il ajoute, après un temps de silence :

« Si tu rencontres le Bouddha, tue le Bouddha ! »

Les disciples faisaient cercle autour du maître et la nuit tombait. Plus d'un, ce soir-là, médita longtemps les paroles énigmatiques.

La robe noire du corbeau

Il y a des ères et des ères, au temps où les oiseaux parlaient, le corbeau était habillé de gris. Élégant, soucieux de sa parure, il alla trouver un jour le hibou, qui exerçait, comme chacun sait, la profession de teinturier :

« Cher hibou, ma robe grise est terne, je souhaiterais la remplacer par quelque chose de plus gai, de plus éclatant !

– Je n'ai pas de temps à perdre ! grommela le hibou. Dites-moi exactement ce que vous désirez, j'ai d'autres clients à teindre avant ce soir !

– Eh bien, fit le corbeau songeur, j'aimerais assez la robe du pic-vert : le dos d'un beau vert brillant avec un léger dégradé sur le ventre, dans les nuances gris clair, vert amande, la calotte rouge, bien entendu, les moustaches noires… Ah, j'oubliais, une tache rouge juste au milieu des moustaches…

– Tout cela est bien compliqué, marmonna le hibou, oû-ho.. oû-ho… »

Il se mit au travail, mélangea dans ses grands chaudrons en ébullition les diverses teintures. Mais la tâche était difficile, et la nuit tombait.

« Je vous ai demandé un ton plus doux pour le dessous, un vert pâle ! protesta le corbeau. Et la calotte, je la veux rouge pourpre, vous me proposez un rouge violine ! Ce n'est pas cela ! »

Le hibou agitait ses aigrettes sans répondre, il mêlait furieusement les couleurs, il transpirait.

« Décidément, constata le corbeau, déçu, vous n'y arrivez pas ! Le plus simple est que nous essayions autre chose : je préfère à la réflexion la robe du martin-pêcheur : bleu-vert scintillant, métallique pour le dos, un peu de brun et de roux sur le ventre, la gorge blanche, et tout sera parfait !

– Vous m'embrouillez ! s'emporta le hibou, je ne sais plus si vous voulez du vert ou du bleu, du brun, du rouge ou du blanc, si vous voulez ressemblez à un pic-vert ou à un martin-pêcheur ! ! »

Et dans un accès de colère, il renversa ses chaudrons, et teignit le corbeau… en noir.

La « perle de vent »

Conte d'origine chinoise

Cette histoire est maintenant du passé. Il y a de cela des siècles et des siècles, le roi d'un minuscule État n'avait qu'un seul fils. Ha-Xin était un prince beau et bien fait, courageux, serviable, de caractère aimable, mais il était affligé d'un grave défaut. Il était lent, nonchalant, irrésolu. Toujours bon dernier dans les courses, les joutes, les tournois, les fêtes de la cour. Quand le grand chambellan, le père de la jeune fille qu'il aimait, organisait chaque année le bal des récoltes, il se faisait devancer pas ses rivaux. Et la délicieuse Lin-Fang, aux cheveux noirs de jais, à la nuque de lait, aux yeux emplis d'étoiles, dansait toute la nuit avec d'autres que lui.

*

Ha-Xin en éprouvait à la longue un tel chagrin qu'il résolut d'aller demander son aide au dieu de la montagne. Il partit à cheval, il voyagea longtemps. Il traversa mille périls, franchit quatre-vingt-dix-huit montagnes. Enfin, il arriva devant la quatre-vingt-dix-neuvième. Ses flancs étaient si escarpés qu'il dut descendre de cheval, et grimper en le tenant par la bride. Parvenu au sommet, il découvrit une vieille femme, qui filait sous un immense pin :

« Que cherches-tu, étranger ? questionna-t-elle.

– Je viens de très loin, honorable grand-mère, dit-il avec sa courtoisie habituelle, pour consulter le dieu de la montagne et solliciter son aide !

– Va jusqu'à la cascade, appelle trois fois le nom de Youta, et le dieu apparaîtra ! »

Ha-Xin obéit, il se plaça face à la cascade, et cria trois fois : « Youta, Youta, Youta ! ! ! »

« Que me veux-tu ? » gronda une voix puissante, et un vieillard colossal se matérialisa devant lui ; son crâne touchait les nuages, et sa barbe blanche ruisselait jusqu'au fond de la vallée. À cette vue, Ha-Xin trembla de frayeur, mais il parla avec courage :

« Ô noble Youta, je suis affligé d'un grave défaut : je suis lent, irrésolu, nonchalant. Et tous les ans, au bal des récoltes, je suis devancé par mes rivaux. Ma bien-aimée, l'incomparable Lin-Fang aux cheveux noirs de jais, à la nuque de lait, aux yeux emplis d'étoiles... danse avec d'autres que moi.

– Prince Ha-Xin, fit le dieu de la montagne, je vois que ton cœur est sincère, je vais t'accorder ce que tu demandes, mais veille à en faire bon usage. »

Sur ces mots, il sortit de sous sa robe un tout petit grain, pas plus gros qu'un grain de riz :

« Voici la "perle de vent", il te suffira de la mettre dans ta bouche, et tu courras aussi vite que le plus rapide zéphyr ! »

Et le dieu de la montagne se dissipa dans les airs comme une fumée.

*

Le prince Ha-Xin revint dans son royaume, le cœur empli d'espoir. Il serrait précieusement la « perle de vent » dans un sachet, dissimulé sur sa poitrine. Enfin l'automne vint, et le grand bal des récoltes. Le prince se tenait prêt. Dès les premières mesures, il plaça dans sa bouche la « perle de vent », et s'élança vers l'estrade, où la délicieuse Lin-Fang se tenait aux côtés de son père. Mais il courait si vite, si vite... qu'il les dépassa, et ne parvint à s'arrêter qu'au milieu d'un champ, loin de la fête. Alors il rebroussa chemin, mais la délicieuse Lin-Fang dansait déjà avec un rival. Elle l'épousa le printemps suivant. Ha-Xin sombra dans la mélancolie, et toute raison de vivre le quitta. Un jour, désespéré, il alla se réfugier auprès d'un moine zen, qui vivait dans une grotte à quelques lis [24] du palais :

« Ô moine, dit-il, je ne pouvais approcher ma bien-aimée, parce que j'étais trop nonchalant, trop lent, et j'arrivais toujours le dernier. J'ai accompli un périlleux voyage, gravi quatre-vingt-dix-neuf montagnes, affronté le dieu Youta. Il m'a offert "la perle de vent", qui me rendait plus rapide que le zéphyr, et je n'ai pu approcher davantage Lin-Fang ma bien-aimée, aux cheveux noirs de jais, à la nuque de lait, aux yeux emplis d'étoiles... »

Sur ces mots, le prince héritier du royaume se mit à pleurer...

« Noble prince, dit l'ermite, le Zen nous enseigne qu'il ne faut manger ni trop ni trop peu, boire ni trop ni trop peu, dormir ni trop ni trop peu. À chaque seconde de nos vies, il convient de donner la réponse JUSTE, tout le reste est illusion. »

Le prince Ha-Xin accéda au trône, et régna longtemps, longtemps. Il fut le roi le plus sage que le royaume connut pendant des millénaires. Et l'on en parle encore, dans les vieilles légendes, au cœur secret de la Chine.

La femme de glace

Il était une fois... un jeune homme seul. Il vivait dans une pauvre cabane, sans amis ni parentèle. Un matin d'hiver, il observait les stalactites qui se formaient au bord du toit, gouttes de cristal étincelant dans le soleil. Il s'écria :

« J'aimerais que le ciel m'envoie une épouse, qui eût la blancheur irisée, la merveilleuse beauté de la glace ! »

Ce soir-là, il s'apprêtait à se coucher quand l'on frappa à la porte :

« Qui est là ?

– Je suis la jeune fille que vous avez réclamée ce matin au ciel. Je viens m'offrir à vous, comme épouse. »

Le jeune homme, intrigué, ouvrit aussitôt. Sur le seuil se tenait une jeune femme très belle, ses mains étaient d'opaline, ses joues nacrées scintillaient sous la lune.

« Entrez ! » fit-il, séduit.

Quand la jeune femme fut installée dans la cuisine, il l'interrogea :

« Êtes-vous bien décidée à m'épouser ? Je suis pauvre, je loue mes services à qui veut bien m'employer. Je suis un mauvais parti, et vous êtes si belle ! »

Elle répondit qu'elle savait tout cela, et que, s'il voulait bien l'accepter, elle resterait dans sa maison.

*

Ils se marièrent, et vécurent toute une année dans une harmonie parfaite. Un jour, l'un de leurs voisins, qui était un homme serviable et courtois, les invita à une fête d'anniversaire ; il leur proposa d'utiliser à cette occasion le bain chaud qu'il venait de faire installer chez lui et dont il était très fier. La femme refusa, prétextant qu'elle craignait l'eau chaude par-dessus tout. Mais le jeune mari insista :

« Nous ne pouvons offenser notre hôte, un voisin si aimable ! »

Elle céda.

Le soir du bain, le mari, ne la voyant pas revenir, s'inquiéta. Il alla la chercher. À sa place, il ne trouva que deux rubans bleus et un peigne d'écaille, qui flottaient sur l'eau.

La femme de glace avait fondu.

Ainsi a-t-il été rapporté.

*

Le bouddhisme zen nous propose souvent des contes énigmatiques. Mais dans la « femme de glace », la « morale de la fable » paraît évidente. Un jeune mari, par ignorance ou sottise, envoie son épouse à une mort certaine. On pourrait la résumer ainsi : « Il faut réfléchir avant d'agir. » Cette lecture n'est pas inexacte. Autre et plus profonde est la vision zen.

CE QUI EST, *est*. Le mari, en refusant la réalité, en

niant les faits (son épouse est une femme de glace), s'interdit symboliquement l'accès à la voie de libération, celle du « noble sentier octuple » : la vue juste, la pensée juste, la parole juste, l'action juste, la subsistance juste, l'effort juste, l'attention juste, la concentration juste.

Chacun de nos instants, s'il est juste, est une goutte d'éternité.

Un médecin, un renard, un serpent

Conte d'origine indienne

Il y a de cela des ères et des ères, au-delà même du souvenir… vivait dans l'État de Jambdivida un jeune médecin, doué de tous les talents, qu'un chagrin d'amour contraignit à l'exil. Il erra longtemps sur les routes de l'Inde, et finit par arriver dans une province inconnue, où il résolut de se fixer. Ce médecin était un homme bon, il pratiquait les « quatre incommensurables[25] », et sa compassion envers tous les êtres vivants respectait la règle des dix vertus.

*

Un matin d'été, il suivait un chemin de campagne quand un effroyable orage éclata, suivi d'une pluie diluvienne. Bientôt, les routes, les champs, les bois étaient envahis par les eaux tumultueuses d'un fleuve sorti de son lit. Le jeune médecin crut sa dernière heure venue. À ce moment une planche, sans doute une porte de temple arrachée à ses gonds, passa près de lui ; il s'y agrippa avec énergie, grimpa dessus, et fut provisoirement sauvé. Il contemplait le désastre, ballotté sur son morceau de porte, au milieu des flots boueux, quand il aperçut un renard, au pelage roux sombre, l'œil éteint, la queue trempée, rabattue, qui se noyait à quelques mètres de lui. Il se pencha aussi loin qu'il put en dehors du radeau improvisé, et tendit la main au renard. La tentative était périlleuse, et le médecin faillit perdre l'équilibre. Mais il réussit à ramener le goupil sur la planche à côté de lui.

*

Un peu remis de ses émotions, le renard s'ébroua, se sécha et commença de reprendre goût à la vie :

« Seigneur, dit-il, je suis un renard d'importance, et je possède un fameux terrier dans le bois, que vous distinguez au-dessous de nous. Lorsque les eaux se seront retirées, je vous inviterai en mon logis. »

Et, satisfait de son discours, il s'étira de tout son long au soleil, tandis que sa queue en panache battait l'air, et à lui seul il s'arrangea pour occuper les deux tiers de la place disponible. Le médecin ne dit rien. Il observait les eaux sales et boueuses, qui charriaient des débris hétéroclites : morceaux de bois, cadavres d'animaux… le spectacle était lamentable. Le jeune homme en avait le cœur serré. Soudain, il aperçut un serpent python qui essayait désespérément de se maintenir à la surface. Il tendit spontanément la main pour lui porter secours, mais le renard, levant haut son museau pointu, s'exclama :

« Cher monsieur, avez-vous perdu la raison ? Laissez cet horrible reptile se noyer. Il n'y a pas assez de place sur cette planche pour nous trois ! » Le médecin s'obstina et réussit à tirer hors de l'eau le jeune serpent. À peine sauvé, celui-ci se glissa voluptueusement sur les genoux de son protecteur, qui posa une main amicale sur la peau chaude et bigarrée, douce comme la soie. Et le python, sa langue agile virevoltant hors de sa bouche, tendit vers le médecin son crâne triangulaire, quémandant une caresse :

« Attention…, maugréa le renard, à se tortiller ainsi, cet animal finira par nous faire chavirer !

– Ne vous inquiétez pas, il va sagement dormir sur mes genoux. »

Le goupil haussa les épaules, et s'étendit à nouveau au soleil. Les heures passèrent lentement. Vers midi, les eaux commencèrent à baisser. Le soir venu, elles s'étaient retirées tout à fait. Le renard, qui avait recouvré son humeur courtoise, remercia longuement le médecin. Le jeune python, qui avait fait une sieste très agréable, eut du mal à quitter son nouvel ami. Mais enfin l'étrange compagnie se sépara, et chacun retourna à ses affaires, à sa vie.

*

Trois années s'écoulèrent au sablier du temps. Le jeune médecin avait réussi au-delà de ses espérances. La protection d'un grand seigneur, dont il avait heureusement soigné une horrible enflure à la jambe, lui valut une riche clientèle. Il était demeuré bon et compatissant, attentif aux pauvres gens, qu'il soignait souvent sans réclamer de paiement. Bref, tous le respectaient et l'aimaient. Tous, sauf l'un de ses confrères… Le docteur Morosouke avait longtemps espéré s'attirer les faveurs du grand seigneur, et il avait échoué. L'envie le rongeait. Un matin, il alla trouver l'administrateur de la cité :

« Excellence, dit-il, je dois vous signaler l'un de mes collègues, arrivé dans cette ville il y a trois ans, le jour de la terrible inondation. Il voyageait avec un renard et un python ! Détail plus troublant encore, tous les trois étaient juchés sur la porte d'un temple ! Depuis, il a circonvenu l'un de nos grands seigneurs, sans que l'on sache comment. Tout cela sent la sorcellerie. Si notre bon prince, que je vois quelquefois..., fit-il avec un sourire modeste, était informé que l'on protège ici un sorcier avéré... »

Le gouverneur était un homme prudent. Il fit arrêter le jeune médecin, et jeter dans un cul-de-basse-fosse, où il l'oublia. La nouvelle de cette arrestation ne fit pas grand bruit, et même le grand seigneur, qui pour l'heure se portait à merveille, avait bien d'autres choses en tête. Mais le récit des malheurs du jeune médecin arriva au bout de quelques semaines dans la forêt. Le renard, le premier, l'apprit ; il en informa aussitôt le python. Ce dernier avait considérablement grandi ; il mesurait à cette époque trois mètres quatre-vingt-douze et pesait cinquante-trois kilos. Il s'écria avec impétuosité :

« Maître goupil, nous le sauverons ! Dussé-je étouffer sous mes anneaux la moitié des habitants de cette ville !

– Nous allons imaginer une ruse, fit le renard. Dame Hermeline est sur le point d'accoucher, et l'on a toujours besoin d'un médecin habile, marmonna-t-il. Bref, reprit-il, à voix haute, si vous êtes disponible, nous allons de ce pas en ville. »

Le python déroula ses anneaux à la vitesse de l'éclair, et se mit si rapidement en chemin que le renard, essoufflé, lui cria :

« Doucement, cher ami, nous ne pourrons rien entreprendre avant la nuit ! »

*

Tapis dans les fourrés, le python et le renard attendaient que l'obscurité noie les rues et les maisons. Ils s'étaient installés à proximité de la demeure de l'administrateur. La nuit tombée, le python pénétra dans l'habitation, se glissa dans la chambre où dormait le gouverneur, le mordit cruellement au pied gauche, et s'enfuit silencieusement. Le matin, l'administrateur avait le pied qui avait triplé de volume et le faisait atrocement souffrir. Il appela les meilleurs médecins de la ville, qui furent impuissants à le soulager.

« Excellence, dit le plus âgé d'entre eux, il s'agit là d'un mal étrange, il nous faudrait consulter les astrologues, peut-être...

– Nous sommes désarmés devant cette maladie inconnue... », soupira un deuxième. Un silence pesa sur l'assemblée. Alors une voix étouffée, qui venait d'un médecin à moitié caché sous une grosse houppelande, suggéra :

« J'ai entendu dire que le jeune confrère arrivé dans notre ville le jour de l'inondation connaissait des remèdes à cette maladie, qui est commune en son pays. »

On alla quérir le médecin dans sa prison.

Averti en secret par ses amis de la cause du mal, il guérit l'administrateur. Ce dernier le rétablit dans son honneur, et lui rendit ses biens. On chercha le médecin à la houppelande pour le remercier. Mais, depuis longtemps, le renard et le python avaient regagné la forêt.

Choeï-Yun, la courtisane

Conte d'origine chinoise

Un haut chignon, des coques en ailes de phénix coiffant ses cheveux de jais, les joues de porcelaine, des pieds délicats, elle avait quinze ans, Choeï-Yun, et la taille si fine qu'au moindre souffle on craignait qu'elle ne s'envolât. Au Pavillon bleu, elle était la plus sollicitée des courtisanes. Une heure en sa délicieuse compagnie valait treize pièces d'or. Sa mère jalousement y veillait. Mais il est vrai qu'elle chantait comme le rossignol progné[26], ses doigts vous effleuraient comme la rosée, et le regard de ses yeux noirs était déjà une caresse. On venait de loin dans la petite ville de Yu-Hang pour l'admirer. Elle servait le thé, jouait de la cithare, et même aux échecs avec ceux dont la bourse était modeste. Seuls les riches marchands, quelque mandarin de passage, la suivaient dans les appartements privés.

Parmi ses admirateurs, il y avait un beau jeune homme pauvre, un artiste, qui la regardait de loin avec ferveur. Un jour, il put réunir assez d'argent pour offrir à Choeï-Yun un modeste présent. Il s'avança au milieu des prétendants. Leurs yeux un bref moment se croisèrent, et à l'instant, une douceur inconnue envahit leurs cœurs. Houo, dans sa main, tenait un poème. Il le donna à la jeune fille. Elle le prit sans un mot. Le lendemain il était là, mais il n'avait plus assez d'argent pour offrir un nouveau présent, et il ne put s'approcher. La terrible marâtre veillait. Un tableau qu'il vendit permit enfin à Houo d'acheter un cadeau honorable. Il fut autorisé à prendre le thé en compagnie de sa bien-aimée. Ils parlèrent peu, et suivant le rituel, car chacun les observait. Mais en s'inclinant dans un sourire pour lui signifier la fin de l'entretien, Choeï-Yun glissa un billet dans la main du jeune homme. Le cœur battant, Houo le lut, dès qu'il fut hors de vue.

Ainsi était-il écrit :

Automne de pluie et de vent.
Mélancolie.
Soudain paraît mon ami
Et mon cœur est guéri

Et quelques lignes plus bas, il déchiffra un second poème, qui l'émut jusqu'aux larmes :

Les bateliers hèlent les voyageurs
Certains traversent, moi pas
Certains traversent... pas moi

Tout était dit. L'amour, l'espoir, la promesse. Deux jours plus tard, il réussit à faire parvenir à Choeï-Yun sa réponse :

Hiver glacé,
Routes enneigées

Si vous êtes ma tendre amie
Main dans la main nous ferons le chemin

*

Quand il se présenta au Pavillon bleu, Houo fut abordé par une servante :

« Suivez-moi », lui dit-elle.

Ils traversèrent la foule ; Choeï-Yun l'attendait, installée à sa place habituelle : « J'accorde un entretien privé à ce jeune homme, expliqua-t-elle, pour un cadeau secret qu'il me fit. »

Les hommes qui l'entouraient s'inclinèrent. Elle pria Houo de s'asseoir auprès d'elle :

« Voulez-vous passer la nuit avec moi, demanda-t-elle, afin de converser, et de mieux nous connaître ?

– Hélas ! répondit Houo, j'ai épuisé mes faibles ressources, je ne suis qu'un pauvre lettré. L'intimité de votre corps est pour moi un rêve merveilleux, et inaccessible. »

Alors ils se turent, assis tristement l'un à côté de l'autre. Bientôt la marâtre intervint. Elle fit signe à Choeï-Yun ; un riche marchand la réclamait. Les jeunes gens se quittèrent. Houo, accablé, résolut de ne plus revenir au Pavillon bleu. Il adressa à sa bien-aimée ce dernier poème :

Aussi longtemps que nous mangerons le riz
De ce monde
Nous serons séparés.
Dans notre tombeau enfin
Nous dormirons ensemble[27]

Une semaine plus tard, Houo quittait la ville. Et les mois s'écoulèrent au sablier du temps.

*

Un soir d'hiver, la neige tombée en abondance avait tout revêtu de silence. Au Pavillon bleu, les clients étaient rares. Un étrange visiteur se présenta, qui portait des habits inconnus dans la contrée. À la main droite, il avait une bague ornée d'un serpent dragon aux yeux jaunes. L'homme était riche, et il obtint sans peine un entretien avec la perle des courtisanes : Choeï-Yun. Elle commença à jouer pour lui sur sa cithare un air mélancolique, en l'accompagnant de sa voix mélodieuse.

Le visiteur la regardait avec bonté. Soudain, il leva un doigt, le posa sur le front de la jeune fille, en disant par deux fois ces mots :

Dommage, dommage.

Et il s'en alla, aussi mystérieusement qu'il était venu. Le soir, en se couchant, Choeï-Yun vit dans son miroir une tache noire, qui était apparue à l'endroit où l'étranger l'avait touchée au front. Elle se lava avec énergie, mais la tache ne s'effaça pas. Les jours qui suivirent, elle s'étendit au contraire à tout le visage. Quelques semaines plus tard, Choeï-Yun, la face noire et crevassée comme celle d'un démon, avait perdu sa beauté. Les clients refusaient désormais de payer pour la voir, ou l'entendre chanter. Elle devint un objet d'horreur. La marâtre la plongea tout entière dans un baquet, l'injuria, la battit. Rien n'y fit. Alors on voua la malheureuse aux plus basses besognes : fille de cuisine, souillon, souffre-douleur des plus humbles servantes, elle devait coucher à l'écart, sur un tas d'ordures.

*

Houo apprit un matin de la bouche d'un voyageur l'histoire extraordinaire d'une courtisane de la petite ville de Yu-Hang. Il s'enquit de son nom. Quand il connut la déréliction où était tombée sa tendre amie, il vendit tous ses biens, et même un champ qu'il avait reçu en héritage. Il se présenta au Pavillon bleu, et proposa à la marâtre de racheter sa fille. Celle-ci y consentit, trop heureuse de se débarrasser d'un monstre. Ils s'en allèrent en silence. Choeï-Yun avait caché sa face noire sous un pan de son manteau.

Ils vivaient heureux. Mais Choeï-Yun ne se consolait pas d'offrir à son bien-aimé le spectacle de sa face de démon : « Ô mon mari, mon maître, mon ciel ! disait-elle, comme j'aimerais vous présenter un visage plus convenable ! »

Houo la rassurait, mais il souffrait parfois de devoir cacher son épouse, et chacun murmurait qu'une telle laideur était la punition des dieux pour quelque horrible méfait. Il allait tous les mois à la grande ville pour vendre les tableaux qu'il peignait. Un jour, il rencontra un homme étrange, qui portait à l'index de la main droite une bague sur laquelle était gravé un serpent dragon aux yeux jaunes.

« Pourquoi peignez-vous des femmes sans visage ? » demanda avec bonté l'étranger.

Houo, qui se sentait le cœur un peu lourd, raconta son histoire.

« Je suis médecin, dit l'homme, me permettez-vous

d'essayer sur votre épouse une recette dont j'ai le secret ? »

Houo accepta, à la condition que Choeï ne dévoile pas sa face noire. L'homme vint dans la maison. Il se fit apporter une bassine remplie d'eau, où il traça avec son index des signes mystérieux.

« Que votre épouse se lave avec cette eau, dit-il, elle retrouvera son visage d'autrefois. »

Choeï-Yun s'exécuta. Elle redevint si belle que la lumière du soleil pâlissait devant la nacre de ses joues. Mari et femme remercièrent avec effusion leur bienfaiteur. Celui-ci avait disparu, et ils surent que c'était un immortel[28].

*

Quel que soit le voile des apparences, le Zen va droit au cœur de l'essentiel.

Cette terre même est le pays du lotus de la pureté
Et ce corps même, beau ou disgracié, est le corps
Du Bouddha.

Dicton zen

Oreiller d'est, oreiller d'ouest

Conte d'origine chinoise

Cette histoire est maintenant du passé. Dans la province de Chen-Si, près de la cité de Choan, il y avait en ce temps-là un homme qui nourrissait dans son cœur une haine implacable contre le seigneur : Yang-Yu-Weï. Les raisons en étaient obscures et lointaines, mais Yang devait être tué. Or, celui-ci venait d'épouser une femme gracieuse et belle, dont le cœur était droit.

Un matin, l'homme se glissa dans la maison de Yang-Yu-Weï, qui était absent. Alors il se saisit du père de l'épouse, le lia, lui mit un couteau sur la gorge, et dit :

« Première épouse, indique-moi où est ton mari, sinon je coupe le cou du vieil homme à l'instant !

– Je te le dirai, fit la noble épouse, qui avait gardé son sang-froid. Laisse aller mon père, reviens cette nuit, entre dans la chambre nuptiale. Je dors sur l'oreiller de l'ouest, mon époux sur l'oreiller de l'est. Tu pourras le tuer aisément. »

L'ennemi lâcha le vieil homme, et s'en alla.

*

Pendant la journée, Pao-Taï vaqua à ses occupations habituelles. Elle était peut-être un peu plus grave et pensive, mais toujours calme et sereine, comme à l'ordinaire. Elle rencontra la jeune Tchou, une concubine qu'elle aimait d'amitié. Toutes deux se tinrent par les manches, et parlèrent longtemps en chuchotant. Quand l'époux rentra, Pao-Taï ne l'informa pas de la visite de son ennemi. Yang revenait d'un voyage, il avait passé une journée harassante, il se mit au lit assez tôt, et posa sa tête sur l'oreiller de l'est. Au premier quart de la nuit, Pao-Taï se leva :

« Que fais-tu ? interrogea Yang.

– C'est pour le petit motif », répondit modestement Pao-Taï.

Quand elle revint, elle dit :

« Mon cher seigneur, je suis un peu indisposée, consentez-vous à changer de place avec moi ? Je dormirai sur l'oreiller de l'est, ainsi je ne vous importunerai pas, si je dois me lever à nouveau. »

Yang, qui dormait à moitié, accepta dans un grognement.

*

Un peu avant l'aube, la nuit était profonde encore. L'ennemi pénétra dans la maison. Il tenait à la main son grand sabre de guerre. Il alla droit à la chambre des époux et, d'un seul éclair de sa lame, il trancha la tête posée sur l'oreiller de l'est. À ce moment, il se pencha pour contempler de près Yang enfin mort. Mais il vit la face blême de Pao-Taï, et ses longs cheveux défaits. Il comprit que la femme avait changé de place avec son mari, et son âme connut le remords et la pitié.

Alors la haine, qui lui brûlait le cœur depuis tant d'années, le quitta. Il fit le serment de mettre un terme à la longue vindicte qui déchirait les deux familles. Et Yang lui devint comme quelqu'un de même os, et de même chair. Ainsi, il y eut une épouse qui, sans hésitation, ni forfanterie, ni parole inutile, offrit sa vie pour son mari, et dans le même élan subrogea l'amour à la haine, la paix au combat. Mais cette sorte de femme est très rare. Aussi est-elle connue, et honorée dans toute la Chine, et peut-être au-delà…

Ainsi a-t-il été rapporté des choses du passé.

La petite cloche d'argent

En ce temps-là vivait dans la campagne, aux environs d'Edo (aujourd'hui Tokyo), un vieux moine d'une grande sagesse ; celui-ci était connu jusqu'aux plus lointaines provinces de l'Empire du soleil levant pour sa grande piété, et sa constante bonne humeur. Toshibu souriait à tous et à tout. Il acceptait les aléas de l'existence avec une parfaite équanimité. Un jour, l'un de ses disciples les plus assidus osa l'interroger :

« Maître, qu'est-ce qui vous rend le cœur si gai que rien ne semble vous atteindre, ni le froid, ni le chaud, ni la soif, ni la faim, et pas même la méchanceté des hommes ?

– Je vais te confier mon secret, dit Toshibu. Chaque fois que tinte la petite cloche d'argent que tu vois suspendue à ma porte, je me retiens de danser, tant mon plaisir est vif, et ma joie est grande... »

Or, ce disciple, malgré ses démonstrations de piété, avait le cœur mauvais. Il était envieux, et jaloux du bonheur d'autrui. Il décida de voler la petite cloche d'argent afin de connaître à son tour la joie perpétuelle. Une nuit, il s'empara de la cloche de maître Toshibu, il la dissimula sous son manteau, et courut jusqu'à sa demeure. Dès le lendemain, il la suspendit à sa porte d'entrée et s'apprêta à goûter un bonheur ineffable. Il attendit. En vain. La petite cloche tintinnabulait dix fois par jour sous l'effet du vent, ou lorsqu'un visiteur pénétrait dans sa maison. RIEN. Rien ne se produisait, et le disciple ne ressentait aucune joie. Ce tintement qu'il guettait sans cesse finissait même par l'excéder. Il croyait l'entendre la nuit. Il en perdait le goût du manger et du boire, devenait irritable. Tant et si bien qu'il résolut de se jeter aux pieds de son maître, d'implorer son pardon et de lui rendre la petite cloche d'argent.

Un matin, il rapporta la petite cloche à Toshibu, et se répandit en larmes de repentir. Le maître remit calmement la petite cloche au-dessus de la porte d'entrée et accorda son pardon. Quand le disciple fut certain d'être rentré en grâce, il interrogea Toshibu :

« Maître, je voudrais bien comprendre pourquoi cette petite cloche, qui vous procure un tel bonheur que vous vous retenez de danser, et que rien ne trouble votre joie, fut pour moi une source de chagrins ?

– Le cyprès dans la cour », dit Toshibu.

Il faisait ainsi allusion à l'anecdote célèbre que connaissent tous les disciples du Zen :

« Qu'est-ce que le Zen ? demande l'élève.

– Le cyprès dans la cour », répond le maître.

Le Zen en effet est le « cyprès dans la cour », et aussi le « bâton » du mendiant, il est « l'écuelle » et « le bol de riz », ou la petite cloche d'argent. Le Zen est tout cela, et il n'est pas cela. Il est ici et là, et il n'est ni ici ni là. Le Zen est une évidence toute simple, immédiate, et il est un mystère impénétrable.

L'alouette et le soleil

Un cri liquide et clair : « Trrui-i-i -i, tri-ri... », c'est l'alouette, flèche lancée dans le soleil, ivre de lumière, les ailes effilées, le dos rayé de noir, le ventre roux et doux, et blanc, l'alouette des champs.

« Extrême braise du ciel, et première ardeur du jour », écrit René Char.

« Trru-i-i-i, tri-ri... », ce cri haut tenu, répété, obstiné, jailli avec l'aurore, fascine. Jadis, explique une légende japonaise, l'alouette a commis l'imprudence de prêter de l'argent au soleil, et ce dernier refuse de le lui rendre ! Alors depuis, chaque jour à l'aube, elle grisolle :

« Soleil, rends-moi mon pécule, mon viatique, mon argent ! »

Et parfois, elle s'indigne : « Trrr-ui-iiiii, Trri, rri ! Me le rendras-tu enfin, ladre, avare, pingre, harpagon ! ! »

Et parfois elle se plaint : « Trrui-ui... Pi-i-i-e -e, pi-i eee, Soleil, rends-le-moi, mon chènevis, mon blé de lune, mon bel argent ! »

*

Cet entêtement ! L'une de mes tantes, après la guerre de 40, refusa de croire à la mort de son fils disparu dans un camp. Pendant trente-cinq ans, elle alla tous les jours à la gare de l'Est, guettant les trains en provenance d'Allemagne, réclamant son fils Pierre au chef de gare, à la terre entière, au ciel, à Dieu ! Et ces mères argentines, « les folles de la place de Mai », qui tous les jeudis, depuis vingt-cinq ans, tournent inlassablement sur la place de Buenos Aires, dans le sens inverse des aiguilles d'une montre, à bout de bras leurs pancartes dérisoires, réclamant leur enfant, au gouvernement, à la justice, au soleil, à Dieu !

– « Trrrui-ii-ii… Tri-ri… » Avec sa huppe doucement arrondie, ses ailes brunes à liseré blanc, son bec jeté en avant, elle chante, l'alouette. Elle chante l'invincible, l'increvable espérance : la petite alouette des champs.

*

« Que faut-il faire pour atteindre l'Éveil ? interroge le disciple.

– Trois choses, répond le maître. Pratiquer, pratiquer et encore pratiquer. »

Le prince Thou-Ti et les dragons

Conte d'origine chinoise

Le prince Thou-Ti manifesta dès son plus jeune âge une passion immodérée pour les dragons. Il n'aimait que les jouets et les images qui les représentaient. Ses parents indulgents tapissèrent sa chambre de tous les dragons imaginables : des jaunes, des rouges, des blancs... Il ne s'en lassait jamais, et son plus cher confident était un dragon d'étoffe à la gueule faussement menaçante, qui ne quittait jamais ses bras, ni son cœur. Devenu adulte et maître de ses biens à la mort de ses parents, il consacra toute sa fortune à s'entourer de dragons. Il fit venir dans sa demeure les peintres les plus réputés, et leur ordonna de décorer selon ses vœux les planchers, les cloisons, les murs, les plafonds :

« Partout où je poserai les yeux, leur dit-il, je ne veux voir que des dragons. »

Ainsi fut fait. Mais Thou-Ti n'était pas encore satisfait. Il fit appeler les sculpteurs qui avaient ciselé les deux dragons d'or qui ornent le palais de l'empereur :

« Je veux une réplique de ces deux dragons, leur dit-il. Ensuite, vous sculpterez en forme de dragons toutes les colonnes, tous les piliers de ma maison. Peu importe le temps ou l'argent, mais que votre œuvre soit criante de vérité ! »

Les artistes, les ouvriers, leurs aides, tous se mirent à la tâche. Nul ne vit jamais dans une habitation semblable foisonnement de dragons. Il y en avait dans les recoins, sur les plus petites aspérités, et ils étaient si exacts qu'on les croyait sur le point de parler. Mais le prince Thou-Ti n'était pas encore comblé. Il appela auprès de lui le plus grand tisserand du royaume. Il lui commanda sept tentures de soie, neuf tapis de laine représentant des dragons de toutes les couleurs : des jaunes, des rouges, des noirs, des blancs, et même des bleus, si rares... Le travail fut exécuté. Thou-Ti aurait dû être satisfait. Mais il se lamentait encore en secret :

« Ah..., soupirait-il. Que ne donnerais-je pour contempler le visage d'un vrai dragon ! »

*

Or, le Grand Dragon, qui habite les sombres forêts du nord de la Chine, voyageait dans la province. Il entendit la plainte de Thou-Ti. Voilà un prince, songea-t-il, qui aime vraiment les dragons, il s'est entouré de toutes les effigies concevables, il voue à notre espèce un véritable culte. Je veux le récompenser en lui permettant d'entrevoir mon noble visage. Il s'approcha de la demeure de Thou-Ti et passa la tête par une fenêtre du salon. L'amoureux des dragons, mollement allongé sur des coussins peuplés de gentils dragons jaunes, rouges et blancs, rêvait. Il admirait le beau dragon bleu qui ornait le plafond, quand son regard tomba par hasard sur une vision de cauchemar. Une face ignoble se montrait à la fenêtre, deux crocs dans une bouche édentée, qui se tordait en une hideuse grimace. Comble de l'horreur, le monstre lui souriait…

Le prince Thou-Ti, voyant un vrai dragon, s'enfuit épouvanté.

La jeune fille taupe

On est injuste avec la taupe. Il est exact qu'elle y voit peu, mais sa vision est fort bien adaptée à son milieu souterrain. Son poil gris, lustré, distingué, est un parangon d'élégance. Et que dire de ses petites pattes en forme de pelles, qui joignent l'utile à l'agréable ! Bref, dans cette histoire, il sera question d'une demoiselle taupe : merveille, délice, miracle de la gent taupine. Ses parents, justement fiers de leur progéniture, de situation aisée – ils possédaient en nue-propriété plusieurs dédales de couloirs fort bien situés, songeaient à marier leur unique enfant à un personnage de qualité.

*

Qui choisir ? Sur le conseil d'un vieux monsieur taupin, qui avait beaucoup voyagé au temps de sa jeunesse, ils pensèrent d'abord au soleil. Celui-ci, quoique mal connu chez les taupes, était apprécié par certains cousins de surface, qui en disaient grand bien. Mais on ne pouvait s'engager à la légère, l'avenir de leur fille bien-aimée était en jeu. Aussi les parents s'adressèrentils à un enquêteur patenté, afin d'obtenir de plus amples informations sur le personnage. Après plusieurs semaines de recherche, le détective fit son rapport :

« C'est assurément quelqu'un de très brillant !

– Ah ! firent les parents, impressionnés.

– Mais un détail m'inquiète, ajouta le détective. Un nuage suffit à le ternir, à l'occulter, et même à le faire disparaître.

– Si les nuages sont plus puissants que le soleil, s'écrièrent les parents, nous voulons pour gendre un nuage. Allez, et découvrez un nuage de haut rang pour notre chère enfant ! »

L'enquêteur repartit, fit la tournée des nuées. Il chercha longtemps, examina de près cirrus, cumulus, stratus et nimbus, enfin il repéra un jeune homme nuage, bel et bien fait, tout vêtu de blanc avec une frange de gris, très élégant. Il s'apprêtait à lui communiquer la flatteuse proposition des parents de la jeune fille quand survint un brusque coup de vent, qui coupa en deux l'élégant, le dispersa, l'émietta, le réduit à néant. Il revint, découragé, à la taupinière.

« Bien, admirent les parents, nous nous sommes laissé égarer par les apparences, le vent est donc le gendre qu'il nous faut absolument ! »

Le vent. Mais quel vent ? Le mistral, le sirocco, le vent d'autan ? L'harmattan, le chinook, le zéphyr, le chergui des hauts plateaux d'Algérie, le bora qui souffle sur les îles heureuses, le vent d'ouest porteur de pluie, le suroît, le fœhn, la tramontane ou l'aquilon ? Le détective en attrapait le tournis, quand il remarqua un vent d'est, jeune et affûté, qui s'acharnait avec une belle vigueur contre un mur de terre. Il s'approcha, intéressé, le vent soufflait, à perdre son haleine, et il soufflait, et il soufflait…

« Tu peux toujours t'échiner ! disait le mur guoguenard, tu ne m'ébranleras pas, je suis plus fort que toi ! »

Incroyable ! pensa l'enquêteur, ce mur de terre résiste, et le vent s'épuise en vain contre lui. Je vais devoir réviser mon jugement, ce n'est pas le vent le plus puissant. Inutile que je fasse le voyage jusqu'à la taupinière, je sais bien ce que me diront les parents : entamez des négociations avec ce mur inébranlable, qui se moque du soleil, des nuages et du vent.

Les pourparlers commencèrent. Ils étaient en bonne voie quand le détective s'aperçut que son interlocuteur s'effritait sous ses yeux. Il s'éboulait par pans entiers, se délitait, se crevassait, enfin s'écroulait, miné de l'intérieur par une monstrueuse mégapole taupine.

Que croyez-vous qu'il arriva ?

C'est un jeune homme taupe que la jeune fille taupe *épousa.*

*

« À quoi sert de courir le monde ? dit le maître zen. Ce que vous poursuivez avec tant d'ardeur et de zèle est là, déjà. C'est *en vous* que se trouve la nature du Bouddha. »

La petite truelle enchantée

Conte d'origine chinoise

Le conte zen, en dehors de ce qu'il dit, éveille en nous de subtiles résonances, il ouvre le chemin de l'éternel Atma.

*

Houo-Houan était orphelin de père. À treize ans, il était considéré comme un enfant prodige. Sa mère l'adorait. Chacun lui prédisait un brillant avenir. Il serait, comme l'exigeait la tradition familiale, un grand mandarin, un lettré respecté. Le gouverneur lui réservait déjà une place d'honneur auprès de lui. Un matin, il allait en classe comme à l'ordinaire, quand il croisa dans la rue une jeune fille d'une grande beauté, nommée Ts'ing-Ngo. En un éclair il l'aima, et sa vie bascula. Ainsi le bateau surpris par la tempête, qui change brusquement de cap, et vient échouer sur la rive inconnue.

*

À la demande pressante de Houo-Houan, sa mère entreprit les démarches d'usage auprès des parents de la jeune fille. Ts'ing-Ngo appartenait à une famille honorable. Son père, ancien intendant du temple, s'était retiré dans la montagne. Il avait laissé des ordres. Sa fille devait mener une vie consacrée, il ne lui était pas permis de se marier. Houo, quand il l'apprit, sombra dans le désespoir. Son chagrin était si violent, si terrible, que sa mère craignit pour sa vie. Or, un matin, il sortait de chez lui, perdu dans ses pensées, quand il heurta un passant, un religieux taoïste. Houo s'excusa, et le saint homme lui répondit d'un sourire. Il tenait à la main une petite truelle, qu'il agitait devant lui. Houo, machinalement, le questionna :

« Pourquoi tenez-vous à la main cette petite truelle ?

– C'est un objet magique, dit le religieux, qui me permet de percer les murs, et de cueillir les herbes médicinales.

– Cette petite truelle perce les murs ?

– Oui », affirma le religieux, et il le prouva aussitôt en attaquant un bâtiment proche.

La petite truelle entrait dans la maçonnerie comme dans une motte de beurre. Il recommença en plusieurs endroits avec la même facilité. Houo, distrait un moment de son chagrin, le regardait avec stupeur.

« Si cette petite truelle vous plaît, je vous la donne », dit alors le religieux, Houo voulut payer un prix convenable, mais le saint homme refusa et, sur un dernier sourire, il s'en alla.

*

Les jours suivants, Houo essaya la petite truelle enchantée sur tout ce qui se présentait. Il transperça les cloisons, creusa les murs, et saisi de fièvre troua jusqu'aux pierres du chemin. Un soir, il se trouva devant la demeure de sa bien-aimée. Pourquoi était-il là ? Il n'avait pas d'intention précise, mais une force irrésistible l'entraînait. Il fora le premier mur d'enceinte, perça murs et cloisons, et traversa ainsi la maison jusqu'à la chambre, où il aperçut T'sing, qui procédait à sa toilette de nuit. La jeune fille se coucha. Houo, le cœur battant, intimidé, attendait. Enfin, quand T'sing fut endormie, il se glissa auprès d'elle, s'enveloppa d'une couverture brodée, et s'endormit à son tour dans la clôture de son haleine embaumée.

Au matin, une servante qui venait réveiller sa maîtresse trouva les deux enfants chastement endormis l'un à côté de l'autre. Horrifiée, elle poussa un cri, et bientôt, les servantes, les valets armés de bâtons faisaient cercle autour de l'intrus. On le reconnut. C'était Houo, l'étudiant, le lettré. On voulut bien lui pardonner, à condition qu'il ne recommençât jamais, et ne revît la jeune fille. Mais T'sing, pendant ce temps, restait pensive, le jeune homme avait effleuré son cœur. Aussi, malgré l'opposition du père, le saint homme retiré dans la montagne, l'incompréhension de sa mère, la honte de la maman de Houo, qui déplorait l'inconduite de son fils, le mariage eut lieu peu de temps après, grâce à la bienveillante intervention du gouverneur de la ville.

*

On ne sait si les jeunes époux furent heureux en ce monde, car, peu de temps après les noces, T'sing mourut. Houo disparut quelques mois plus tard. On chuchote qu'il avait emmené la petite truelle enchantée, et délivré de la pierre du tombeau sa bien-aimée. Ils sont désormais réunis pour l'éternité dans le palais sous la mer… des immortels.

Le petit singe

Il était une fois… un petit singe qui, avec sa longue queue, son air malin et sa touffe de poils à la pointe de chaque oreille, ressemblait un peu à un ouistiti. À la suite de quelles circonstances avait-il atterri dans le dojo de Yagyu Tajima, le grand maître dans l'art du sabre ? Nul ne le sut jamais. Mais il était présent à tous les exercices, se mêlait aux élèves, et s'efforçait de les imiter.

Un matin, un rônin se présenta à la porte du dojo de maître Yagyu Tajima, et sollicita l'honneur de recevoir l'enseignement du sabre. Afin de montrer sa valeur, il offrit de combattre tel adversaire qu'on voudrait lui opposer. Le maître sourit, et dit :

« Je t'accepte comme disciple, si tu peux vaincre mon singe. »

Le rônin, étonné mais sûr de lui, acquiesça. On remit à chacun le sabre de bois en usage pour les exercices, et le maître donna le signal du combat. Le petit singe exécuta quelques moulinets à une vitesse folle, effectua un saut périlleux, se retrouva en équilibre sur le dos de son adversaire, et, avant que ce dernier reprenne ses esprits, lui fit sauter le sabre des mains. Le rônin vexé et confus se retira.

*

Il se mit farouchement à l'étude de l'art du sabre : « Ken-Jutsu ». Seul dans son petit ermitage, il y consacra ses jours et ses nuits. Il pratiquait aussi zazen : la méditation assise. Il progressait ainsi au fil des mois sur la Voie. Peu à peu, il se délivra de ses illusions, de ses doutes, de ses lâchetés. Il se libéra de son orgueil, du désir et de la peur, son ego s'effaça, et, le mental dépassé, il accéda à l'état de paisible harmonie avec l'univers. Plusieurs années s'écoulèrent. Un matin, l'ancien rônin se jugea prêt. Il se présenta à nouveau à la porte du dojo de maître Yagyu Tajima :

« Je suis venu combattre le singe », dit-il modestement.

On alla quérir le ouistiti. On lui mit dans les mains un sabre de bois. L'animal vif et malicieux s'avança. Mais quand il aperçut l'ancien rônin devenu ermite, il poussa des cris perçants, laissa tomber son arme, et se sauva en courant.

« Entre, fit le maître, tu es le bienvenu parmi mes élèves. »

*

« Quand le disciple est prêt, le maître vient », affirme le dicton zen. Quand le disciple est prêt, même le singe le sait…

Le roi des dragons se marie

Conte d'origine chinoise

On peut aimer à tout âge ; et même à l'heure mélancolique, où le feu s'éteint dans les yeux, la griffe s'émousse, les ailes sont déplumées, la queue de serpent blanchie par les ans. Ainsi le roi des dragons s'éprit-il, à un âge avancé et quasi sénescent, d'une jeune dragonne de seize ans.

*

Ils se marièrent. Madame avait dans l'œil une flamme neuve, des griffes de lionne bien acérées, et sur tout son corps ocellé, comme une rosée de printemps. Les réjouissances des épousailles achevées, chacun rentra en son logis, et même les poissons, les sujets les plus fidèles du roi des dragons. La jeune mariée s'ennuya. Tant et si bien qu'elle tomba malade. Son vieil époux, fou d'inquiétude, fit appeler à son chevet les praticiens les plus renommés. Leur diagnostic fut pessimiste. La maladie devait suivre son cours inexorable, et la reine mourrait, à moins que l'on n'accède à un désir secret qui la rongeait.

Le roi des dragons supplia sa femme :

« Bien chère épouse, perle de mes yeux, chant de mon cœur, dites-moi ce que vous désirez, et quoi que ce soit, je jure solennellement de vous l'accorder. »

Après beaucoup de pleurs et force refus, la jeune reine dévoila son secret :

« J'ai envie..., dit-elle entre deux sanglots, du foie d'un singe vivant, je sens qu'après l'avoir consommé je recouvrerai la santé !

– Le foie d'un singe vivant ! s'écria son époux. Ma douce amie, vous n'y pensez pas ! Je n'ai aucune autorité sur le peuple de la forêt, et une guerre en ce moment...

– Ah, Seigneur, se lamenta la jeune mariée. Vous ne m'aimez pas ! Vous refusez de m'accorder la première faveur que je vous demande... »

Et la malheureuse reine s'évanouit, terrassée par le chagrin. Elle était si émouvante, son jeune corps écaillé allongé sur le sable de la rive, que le vieux roi faiblit, et décida de la satisfaire. À tout prix.

Une guerre était exclue. Il opta pour la diplomatie. Il fit appeler la méduse, noble dame de sa cour : loyale, dévouée, et sans trop de malice. En ce temps-là, les méduses étaient des poissons ordinaires avec des yeux, des nageoires, une queue et même de courtes pattes, qui leur permettaient de se déplacer sur la terre ferme.

« Je vous envoie en qualité d'ambassadrice extraordinaire auprès du peuple de la forêt », déclara le roi des dragons.

La méduse s'inclina, le regard empli de fierté :

« Je suis à vos ordres, Seigneur.

– Vous devrez persuader un singe de venir dans notre pays. Peu importent les moyens. Parlez-lui de fruits délicieux : bananes, noix de coco... Dites-lui qu'il sera traité comme un prince, que nous jouissons dans nos contrées d'un perpétuel été... enfin, ce que vous voudrez. Quand il sera en notre pouvoir, nous prélèverons son foie, afin de sauver la reine !

– Je suis votre servante ! » fit la méduse, qui sortit à reculons en enchaînant les trois révérences en usage, comme chacun sait, à la cour du roi des dragons.

*

Après trois jours de voyage, la méduse arriva dans le pays des singes. Elle interpella le premier qu'elle vit se balancer au-dessus d'elle dans les branches d'un cocotier :

« Honorable simien, dit-elle. Je viens du pays du roi des dragons, qui règne sur la mer et ses rives prochaines. Mon maître vous invite à sa cour. Vous y serez reçu à l'égal d'un prince, on vous offrira des fruits délicieux : noix de coco, d'arec, de cajou et aussi noix muscade, noix de palmier, noix fraîches et séchées bien à l'abri dans nos celliers. Dans notre royaume il fait toujours beau, les gens sont d'un abord aimable, enfin vous ne trouverez trace de l'abominable race des hommes ! »

Elle se tut, tout essoufflée.

Le singe s'amusait, il contemplait la méduse du haut de sa branche. À vrai dire, il hésitait... cette demoiselle poisson avait l'air honnête et assez naïve, pourquoi ne pas tenter l'aventure ?

Il sauta à terre :

« Allons, dit-il. Je suis curieux de visiter votre pays, et de saluer votre maître, le roi des dragons.

– Il vous faut grimper sur mon dos, nous emprunterons le chemin de la mer, qui offre un raccourci », expliqua la méduse avec amabilité.

*

Quelques heures après le départ, le singe regrettait déjà sa décision hâtive. La mer à l'infini… La méduse nageait en silence. Une vague angoisse l'étreignit. Il essaya de nouer un dialogue :

« Dites-moi, chère amie, fit-il avec un léger rire, pourquoi m'avoir choisi, moi ?

– Notre reine est malade, dit la méduse avec simplicité, un foie de singe vivant, peu importe lequel, lui est nécessaire pour retrouver la santé.

– Je vois… », fit le singe.

Une peur abominable lui tordait l'estomac. Autour de lui, la mer, aucune terre à l'horizon… Il devait user d'un stratagème pour sauver sa vie.

« Je vois…, répéta-t-il, et il ajouta : Je suis honoré de contribuer modestement à la guérison de votre reine ! »

La méduse, qui était sans malice, approuva ces paroles.

« Le roi sera content de nous », songea-t-elle.

*

Une heure s'écoula en silence. La méduse nageait, le singe méditait. Soudain, il s'exclama :

« Mais j'y pense ! Ce matin, juste avant votre arrivée, j'ai suspendu mon foie à une branche de châtaignier. J'avais l'intention de jouer avec les noix de coco ; et le foie est une chose précieuse, je l'avais mis à l'abri. Quel contretemps ! Je suis absolument désolé !

– Qu'allons-nous faire ? demanda la méduse. Mon maître ne me pardonnera pas de me présenter à la cour avec un singe privé de son foie !

– Il serait plus raisonnable de revenir sur nos pas », conseilla le singe. La méduse acquiesça. Ils refirent le chemin en sens inverse. À peine arrivé, l'anthropoïde bondit sur la plus haute branche d'un châtaignier :

« Je ne vois plus mon foie, cria-t-il, quelque plaisantin me l'aura dérobé, chère amie, retournez donc auprès de votre maître ; quand vous reviendrez, je l'aurais certainement récupéré. »

Et il disparut dans la forêt, en faisant de la main un salut désinvolte et guilleret.

*

Quand la pauvre méduse se présenta devant le roi des dragons, celui-ci entra dans une épouvantable colère :

« Vous n'êtes qu'une sotte ! » hurla-t-il, et il appela ses gens afin qu'ils la battent comme chair à pâté. Les serviteurs obéirent si bien qu'aujourd'hui la méduse n'a plus, dans tout le corps, un seul os qui soit entier. Elle est cette chose gélatineuse, pourvue de filaments urticants, qui infligent de désagréables brûlures. Elle exprime de la sorte son aversion pour la race des singes.

On dit même qu'elle garde rancune à l'espèce mammifère tout entière.

Quant à la reine des dragons, elle n'obtint pas le foie qu'elle réclamait.

Elle cessa bientôt d'y penser, et guérit très bien sans cela.

Le moine et le pin parasol

Dans l'Orient chrétien des premiers siècles, les stylites furent ces anachorètes qui placèrent leurs cellules en haut de portiques ou de colonnes en ruine. Saint Siméon l'Ancien (vers 390-459) est le plus célèbre. La légende rapporte qu'un moine zen imita ce modèle. Mais faute de portiques et de colonnes, ou par goût de la simplicité, il s'installa sur le faîte d'un pin parasol. Cet arbre, que l'on rencontre habituellement sur les pentes rocheuses et montagneuses de la grande île de Honshu, est élégant, spiralé, et son feuillage d'un beau vert sombre s'arrondit au sommet en forme de parasol. Cette singularité permet à la rigueur une installation précaire, sinon agréable, qui n'est pas exempte de dangers.

Le moine du nom de Dori était surnommé par les habitants du lieu « Maître nid d'oiseau ». Un célèbre poète décida de lui rendre visite. Quand il arriva au pied de l'arbre, le moine pratiquait zazen, la « posture d'éveil ». Les jambes repliées en lotus, le dos droit, les yeux à demi fermés, le regard posé deux mètres environ devant lui, les mains dans le giron, paumes en haut, la main gauche sur la main droite[29], les pouces formant un dôme et se touchant légèrement. La respiration égale, régulière, paisible, les lèvres jointes sans être serrées, la langue posée contre la voûte du palais, l'attention fixée sur le *hara*, ce point situé quatre centimètres environ au-dessous du nombril. L'esprit, enfin, pénétré de silence. Le silence zen, qui n'est pas simple absence de bruit, mais qui permet d'appréhender l'essentiel, rend proches et familières la vie et la mort, mêle notre petite existence à la Vie universelle, ouvre en nous la porte secrète, et le chemin d'Absolu.

*

Le poète engagé dans le monde, plein d'espoirs, de désirs, de peurs, de bruit, de fièvre, de gloriole, interpella le maître zen :

« Faites attention, dit-il. Vous pourriez tomber de cet arbre, votre posture est dangereuse ! »

Le silence seul lui répondit.

Il allait se retirer, un peu dépité, quand le saint moine prononça ces paroles :

« Mon ami, vous êtes un poète, vous vivez dans l'émotion, la passion, votre esprit est sans cesse en mouvement, je le sens anxieux, tourmenté. C'est vous qui êtes en grand danger ! »

*

Alors, parce que le Zen se transmet d'esprit à esprit, d'être en être, le poète connut sa servitude, et la prison de son ego. Il eut le vif désir de se libérer :

« Maître, que dois-je faire ? demanda-t-il avec humilité.

– Pratiquez le bien, cherchez votre visage originel », dit le maître.

Et sur ces mots, il rentra dans son silence.

Ainsi a-t-il été rapporté.

Le « sou » du rossignol

Cette histoire est maintenant du passé. Il était une fois un jeune homme qui vivait avec sa mère dans une pauvre cabane. Il décida d'aller chercher du travail dans la grande ville. En chemin, alors qu'il gravissait le sommet d'une montagne, il fut surpris par la tempête. La nuit tombait. Il aperçut au loin une lumière, il se dirigea vers elle. Trempé jusqu'aux os, il frappa à l'huis. Une jeune femme souriante et très belle l'accueillit. Sa voix était mélodieuse, une sorte de crescendo liquide, clair et flûté, qui faisait danser chacune de ses phrases : « Houic, ti-ou, ti-ou, ti-ou… ». Elle lui offrit à manger. Tandis qu'il se restaurait, la jeune femme le questionna.

« Je vois, dit-elle après l'avoir écouté, que tu espères trouver du travail à Edo, dans la grande ville. Mais je vis seule ici, veux-tu travailler pour moi ? »

Le jeune homme accepta.

*

Le garçon coupait le bois, accomplissait les tâches journalières, labourait le champ. Il était courageux et honnête, et la femme l'appréciait. Un jour, elle lui dit :

« Je dois m'absenter quelque temps. Tu sais qu'il y a derrière la maison trois réserves. Je te demande expressément de ne jamais pénétrer, ni même regarder à l'intérieur de la troisième. »

Le jeune homme obéit scrupuleusement. Il n'entra jamais dans la troisième réserve, n'y jeta même pas un regard furtif. Une année passa ainsi. Un matin d'automne, il dit :

« Je voudrais revoir ma mère, peux-tu me donner mon congé ? »

La femme de la montagne lui remit une pièce enveloppée d'un beau papier de soie. « Voici ton salaire, fit-elle. Je pense que tu en seras satisfait. »

Le garçon rentra chez lui. Il déplia le papier de soie. Il découvrit une pièce de monnaie finement ouvragée. Ne sachant qu'en faire, il alla la montrer au chef du village, qui s'écria :

« C'est une pièce très rare, que l'on appelle le "sou du rossignol", parce que ce noble oiseau met un millier d'années pour la réaliser. Je suis prêt à te l'acheter mille écus. »

Le jeune homme accepta. Il devint riche, il se maria, et vécut heureux.

*

Or, un voisin le jalousait. Il brûlait du désir de posséder à son tour le « sou du rossignol ». Il demanda au jeune homme comment il se l'était procuré ; celui-ci lui donna volontiers les explications nécessaires. Le voisin cupide partit pour la montagne. Il rencontra la femme, qui vivait seule. Il lui proposa ses services. Il fut engagé. Il travaillait avec ardeur, sachant qu'au bout d'une année il obtiendrait la merveilleuse récompense. Un matin, la femme lui dit :

« Je m'absente quelques jours. Derrière la maison, il y a trois réserves, la troisième est secrète et close. Tu ne dois y pénétrer sous aucun prétexte, ni même y jeter un regard. »

Le voisin cupide songea :

« C'est dans cet endroit que la femme cache son trésor. Demain, j'irai avec un grand sac, je l'emplirai de pièces merveilleuses, et je deviendrai l'homme le plus riche de la terre. »

Le lendemain, quand il fut bien assuré que la femme de la montagne était partie, il entra dans la troisième réserve.

Alors il vit, dans une chambre vide, une branche de prunier en fleur sur laquelle un rossignol chantait. Dès qu'il l'aperçut, l'oiseau s'envola. La maison disparut à l'instant, et le voisin cupide se retrouva assis sur un tas de broussailles. Seul dans la montagne.

Ainsi, c'est ainsi.

Le doigt d'or

Conte d'origine chinoise

Un jour du temps passé, dans l'ancienne Chine, un ermite un peu magicien reçut la visite d'un ami de jeunesse, nommé Siang-Jou. Le saint moine vivait depuis de nombreuses années au cœur de la montagne profonde, aussi accueillit-il son ami avec effusion et joie. Il lui offrit le repas et un abri pour la nuit. Le lendemain, il lui dit :

« Siang-Jou, en souvenir de nos jeunes années, je veux te donner un cadeau. »

Et, pointant son doigt sur une grosse pierre, il la transforma en un bloc d'or pur. Au lieu de se réjouir, son ami gardait l'air maussade. Il ne le remercia même pas :

« Moine Wei, fit-il, j'ai fait une longue route pour venir jusqu'à toi au cœur de la montagne profonde. Pourquoi me contenterais-je d'un petit bloc d'or pur ? »

L'ermite, désireux de faire plaisir à son ami de jeunesse, pointa alors son doigt sur un énorme rocher, et le transforma en un bloc d'or pur.

« J'espère que tu es satisfait, dit-il en riant, et que ton âne pourra le transporter ! »

Mais Siang-Jou ne souriait pas, il conservait son air maussade.

« Que désires-tu donc ? » demanda le moine.

Alors Siang-Jou, son ami de jeunesse, sortit le grand couteau qu'il portait à la ceinture.

« Ce que je veux, dit-il, c'est le doigt. »

Monsieur Han

Conte d'origine chinoise

L'honorable M. Han, mandarin de haut rang, jouissait en sa campagne d'une retraite aimable. Il ne détestait pas la société, et recevait souvent M. Siu, un voisin, de commerce agréable. Ce jour-là, ils devisaient tous deux sous les frais ombrages, prenant le thé, mangeant quelques gâteaux de riz, quand le bruit d'une altercation leur parvint des cuisines. M. Han s'informa. Un moine mendiant voulait être reçu par le maître de maison en personne !

« Il insiste avec impudence…, expliqua l'intendant.

– Laissez-le venir ! » fit M. Han.

Le moine zen, vêtu d'une robe usagée et trouée, ne payait pas de mine. M. Han l'interrogea avec bonté…

« Je suis arrivé récemment dans votre petite bourgade, dit le misérable clerc. Je me suis installé dans le temple en ruine, à l'est de la ville. On m'a instruit de votre générosité, et me voici ! »

Tout en parlant, le moine loqueteux se servait largement de la nourriture étalée sur la table. Il appréciait les gâteaux de riz, autant les salés que les sucrés. Il picorait à son aise dans les bols de porcelaine, croquant ici des graines de potiron, là de tournesol. Il ne dédaignait pas les brioches de viande, il en engloutit trois, parfumées aux grains de sésame et de lotus. Entre deux bouchées, il grappillait des amandes et des fruits secs, et pour faire glisser le tout, il buvait force tasses de thé. Une vingtaine, comptabilisa M. Siu, que l'effronterie du personnage scandalisait.

Le moine prit ainsi le pli de venir régulièrement dans la maison de M. Han. Il arrivait habituellement à l'heure de la collation. Il s'invitait à table, se servait copieusement et buvait à satiété. M. Han le regardait opérer avec un sourire indulgent. M. Siu le supportait de plus en plus mal. Un après-midi, alors que le moine avalait sa douzième tasse de thé et mordait sans vergogne dans un succulent gâteau de riz, M. Siu l'interpella avec un brin d'ironie :

« Saint homme, mon ami M. Han et moi-même sommes flattés de votre constance à partager nos humbles repas, peut-être accepterez-vous de nous recevoir à votre tour ? »

Le moine répondit avec calme :

« Venez quand vous le voudrez, mais vous le savez, j'habite des ruines, et j'aurai bien du mal à vous offrir autre chose que des tasses d'eau claire ! »

Et il s'esclaffa.

*

Quand ils arrivèrent devant les anciennes ruines du temple, où le moine avait établi sa demeure, M. Han et M. Siu furent ébahis. On avait réalisé d'importants travaux. Le bâtiment central était entièrement restauré. Ils pénétrèrent dans une salle magnifique, où une immense table couverte d'une nappe brodée les attendait. Des mets à profusion s'étalaient sous leurs yeux émerveillés. Ils prirent place sur des lits. Seize jeunes et beaux garçons, vêtus de robes d'apparat, chaussés de sandales rouges, les servaient avec diligence, attentifs à leurs moindres désirs. On leur offrit, dans des plats de cristal et de jade, des fruits inconnus et délicieux. Leur hôte lui-même, vêtu de brocart et d'or, leur versait, dans des coupes larges d'un pied, un vin parfumé digne des immortels.

Soudain, le moine frappa dans ses mains :

« Que l'on fasse venir les sœurs Cheh ! » s'écria-t-il.

Un serviteur s'empressa, et revint bientôt accompagné de deux jeunes filles ravissantes ; leurs tailles souples pliaient comme des saules. La plus grande jouait de la flûte, la plus jeune chantait d'une voix délicate et cristalline. Ensuite, elles se mirent à danser. Leurs longues robes flottaient sur le sol, un nuage de parfum enivrant les enveloppait. M. Han et M. Siu sentirent « leur cœur s'élargir et leur âme s'envoler ». À ce moment, le moine invita la plus jeune danseuse à le rejoindre sur sa couche, tandis que la plus grande, penchée sur eux, les éventait doucement. M. Han et M. Siu, légèrement ivres, étourdis par le vin merveilleux qu'ils avaient bu, regardaient ce spectacle avec stupeur. Le premier, M. Siu réagit :

« Ce moine est décidément un personnage impudent, éhonté ! »

Et il se leva en titubant, mais, quand il s'approcha, le moine avait disparu :

« Monsieur Han ! appela-t-il, venez ! ces jeunes filles sont prêtes… »

Et M. Siu s'allongea avec la plus jeune sur la couche

que le moine venait de quitter. M. Han à son tour prit dans ses bras la plus grande, dont la taille pliait comme un saule, et s'étendit à côté d'elle. Alors le ciel s'éclaira. Le songe d'ivresse se dissipa. M. Han et M. Siu serraient entre leurs bras de froides dalles de pierre. Ils étaient couchés au milieu de ruines, de bâtiments abandonnés, et de chambres démolies.

Ainsi a-t-il été rapporté.

*

Tout en ce monde est illusion. Tout en ce monde est éphémère. L'enfant disparaît, l'adolescent s'évanouit, et que reste-t-il de l'adulte, quand vient le grand âge ?

Tout change, tout s'enfuit. Mais toi, qui que tu sois, tu n'es pas seulement ce petit tas de secrets, de peurs, de désirs et de cris, que tu appelles « moi », tu es la Réalité immortelle, « TAT TWAM ASI », « TU ES CELA », qui ne meurt pas, tu es l'Absolu, tu es l'Infini.

Tout change, tout fuit, tout meurt, l'éternel Atma seul demeure.

Anshi

Il était une fois… une atroce belle-mère, comme il n'en existe que dans les contes, injuste, revêche, cruelle. Elle avait accueilli de mauvais gré l'épouse principale que son fils avait choisie. Anshi pourtant était belle, trop peut-être au goût de la marâtre. Fille d'un seigneur de la cour qui avait par malheur déplu à l'empereur et encouru sa disgrâce, la noble enfant avait dû se marier avec un fonctionnaire besogneux.

Elle gardait maints traits de sa splendeur passée, sa longue chevelure, la délicatesse de ses façons, la grâce de sa silhouette, la nacre de ses joues, l'élégance de son maintien. Mais l'odieuse belle-mère n'en avait cure, elle accablait sa bru de tâches ménagères : cuisiner, laver, balayer. La malheureuse travaillait sans répit tout le long du jour, et ne recevait pour loyer que des paroles blessantes :

« Tu n'es pas ici à la cour, vociférait la harpie. Tu as été bien heureuse d'épouser mon fils, bonne à rien, prétentieuse, impudente ! »

Anshi se taisait. À l'époque de Heïan[30], le code japonais, dans le chapitre : « Des foyers », indiquait les différents motifs qui justifiaient la répudiation d'une épouse, c'est-à-dire son déshonneur, sa mort sociale. Les deux premiers : la stérilité et l'adultère ; le troisième, qui nous intéresse ici :

« Le manque de piété filiale à l'égard des beaux-parents. » Cette clause plaçait en fait la jeune épousée à la merci de sa belle-famille, et de sa belle-mère en particulier. Notons pour mémoire trois autres motifs de répudiation, qui laissent songeurs :

La jalousie. Rappelons que le mari, en sus de l'épouse principale, avait, selon sa fortune et son rang, plusieurs épouses secondaires, des concubines à discrétion, ce qui n'excluait pas les visites régulières aux courtisanes. Pourquoi sa femme aurait-elle été jalouse, en effet ?

Le bavardage (inconsidéré). Il est bien connu qu'un homme parle, explique, discourt, et qu'une femme babille, potine, caquette…

La maladie enfin. À quoi peut bien servir une femme malade ? Autant s'en débarrasser.

*

Un jour, la belle et malheureuse Anshi cuisait le riz du repas familial, quand sa belle-mère se mit en colère contre elle, sans raison valable. La belle-fille parut ignorer ses cruelles paroles, mais soudain elle retira du feu un morceau de bois enflammé et le lança violemment par la fenêtre ; il tomba par hasard sur un mouton qui passait, et mit le feu à sa toison. Le mouton affolé courut droit devant lui et se jeta sur une meule de paille, qui s'enflamma. Parce que ce jour-là le vent était très fort, le feu gagna les étables et les écuries. Des bovins et des chevaux sauvages s'échappèrent, et dans la bousculade détruisirent la maison d'un voisin. Celui-ci, un homme vindicatif, chercha querelle au propriétaire des chevaux, et ainsi, de proche en proche, de village en village, de province en province, la guerre s'étendit, comme un feu de broussailles, et ravagea tout le pays. Voilà ce que peut engendrer la méchanceté d'une seule belle-mère.

Ainsi a-t-il été rapporté des choses du passé.

*

Le Karma : la loi bouddhique des effets et des causes. Le Karma est l'ensemble de nos actes physiques ou mentaux, et le fruit qu'ils produisent.

*

« Le froissement d'une aile de papillon change le cours des étoiles. »

Parole zen

La légende du coucou

Le coq français coquerique en français : « Cocorico ! », le coq allemand en allemand : « Kirekiki ! », et le coq anglais, comme il se doit, en anglais : « Cook-e-doodle-do ! ». Les coqs parlent la langue de leurs pays respectifs, ou bien seraient-ce les humains qui interprètent à leur guise le cri innocent des gallinacés ? La question fait sourire, mais il est un chant que l'on ne peut certainement pas moduler à son gré : celui du coucou ! Comment en effet transformer cette musique binaire, répétitive, d'une si évidcnte clarté : « coucou... cou-cou... » ? Celui qui a entendu une fois la voix bien timbrée du voltigeur du printemps sait bien que le coucou « coucoule », et rien d'autre. Pourtant, au Pays du soleil levant, on affirme que le coucou ne dit pas « cou-cou... cou-cou... », mais « Kakkô... kakkô... ». On ajoute même qu'il a pour ce faire une excellente raison.

*

Il y a de cela des ères et des ères, papa coucou demanda un jour à sa fille de lui gratter le dos. Ce qu'il ne pouvait exécuter seul, malgré des tortillements du bec vains et désespérés ! La demoiselle traversait les orages de l'adolescence. Elle refusa, au prétexte que papa n'aimait guère certain coucou juvénile, qui arborait une tenue brun-rouge du plus mauvais effet, qui le faisait ressembler à une crécerelle femelle.

« Grotesque ! fulminait papa, un coucou gris s'habille de gris !

– Tu n'y connais rien, c'est la dernière mode ! » rétorquait sa fille.

Bref, quel que soit le motif, la demoiselle coucou refusa de rendre service à son père. Ce dernier, que son dos démangeait furieusement, alla se frotter contre un rocher pointu. Il se blessa. La plaie s'infecta. Il mourut. Lamentable histoire… La jeune fille coucou en éprouva un tel chagrin que, depuis, elle répète : « Kakkô… kakkô… ! » Ce qui signifie, en japonais : « Je gratterai… je gratterai… » Oui, je gratterai le dos de mon papa.

Hélas, il est trop tard !

*

Le remords est une plaie ouverte. Il a des effets délétères sur les autres, et sur soi. Il convient, dit le sage, d'assumer ses erreurs, d'offrir réparation, et de passer outre.

Les fleurs au printemps, la lune en automne,
La brise fraîche en été, la neige en hiver.
Débarrasse ton âme de toute pensée vaine
Chaque saison sera pour toi un enchantement.

Mumon (1183-1260),
maître zen et poète chinois

Chao-Chou

Conte d'origine chinoise

Un jour que Chao-Chou était tombé dans la neige, il appela : « À l'aide ! À l'aide ! ! » Un moine vint s'allonger à côté de lui. Alors Chao-Chou se leva et s'en alla.

*

« Est-ce là un conte ? interroge le disciple.

– Oui, dit le maître.

– Mais c'est un conte absurde. Le personnage central tombe dans la neige, et semble incapable de se relever. Pourquoi ? Est-ce un enfant, un vieillard, un infirme, a-t-il eu un malaise, le chemin avait-il une fondrière ? Un moine survient qui, au lieu de lui porter secours, de lui tendre la main, s'allonge à côté de lui. C'est un acte incompréhensible, déraisonnable, saugrenu. N'êtes-vous pas de cet avis, maître ?

– Réfléchis, dit le maître du Zen, ce conte est un *koan*, qui peut t'aider sur le chemin de l'Éveil. »

Le disciple se met à chercher. Mais les jours passent, et il ne comprend toujours rien à ce conte. Voyons, si

Chao-Chou était blessé, comment la seule présence du moine à son côté a-t-elle pu le guérir ? Ce moine était-il un magicien ? Supposons, se disait le disciple, que Chao-Chou ait aperçu un fantôme, un dragon, qu'il soit paralysé par la peur, la sainte présence à son côté d'un moine lui rend son courage, lui permet de se hisser hors de son trou. Mais alors, pourquoi ne remercie-t-il pas son sauveur ? Il s'éloigne, indifférent, comme si le moine n'existait pas ! Le disciple s'évertua ainsi plusieurs années, tournant et retournant sans cesse le problème dans sa tête. Pourquoi, se demandait-il, le moine ne s'enquiert-il pas de la situation de la victime étendue dans la neige ? En toute logique, il devrait l'interroger : « Êtes-vous blessé ? » Au lieu de cela, il s'allonge à son côté, ne l'aide en aucune façon, ce qui est proprement extravagant. Et Chao-Chou se lève, guéri comme par miracle ! On dirait deux personnages suspendus aux deux extrémités d'une poulie. Quand l'un se couche, l'autre se dresse. Deux marionnettes jouant une scène muette, à jamais indéchiffrable.

*

Un matin, le disciple méditait ainsi sur le *koan*, quand il eut la vision de Sakyamuni Bouddha assis sur le trône du ciel. Le dieu tournait doucement entre ses doigts une fleur de lotus. Autour de lui, les questions fusaient, et il le regardait, lui, le disciple, en souriant, en faisant tourner doucement entre ses doigts la fleur de lotus. Alors le disciple franchit la « porte sans porte », il comprit le conte, dont le sens lui échappait depuis de longues années. Il connut l'Éveil[31]. Il sut la vérité cachée au cœur des choses. Le koan est un mur sur lequel se brisent tous les efforts intellectuels. Comment expliquer par exemple le goût du sucré ou du salé ?

Ainsi en est-il de la nature du Bouddha, de l'éternel Atma.

Le tambour magique

Les pouvoirs surnaturels, mes pouvoirs merveilleux ?
C'est puiser de l'eau, et porter du bois.

P'ang Yun (740-811)

Il était une fois un jeune garçon nommé Gengorô. C'était un va-nu-pieds, un galvaudeux, un vagabond, qui traînait par les chemins ses haillons et qui n'avait ni père, ni mère, ni maison. Un matin d'été, il se réveilla au bord d'une rivière, et il découvrit dans un fourré un petit tambour magique, abandonné par quelque dieu des eaux. Tout joyeux de l'aubaine, il le prit, l'attacha à sa ceinture, et voulut aussitôt vérifier ses pouvoirs :

« Mon nez, grandis, grandis ! » dit-il, en frappant sur le tambour, et son nez grandit, grandit, et plus il frappait sur le tambour, et plus son nez s'allongeait. Son appendice traversa bientôt la rivière, et, à son grand amusement pointa au-dessus de la cime des arbres, de l'autre côté de l'eau.

« Mon nez, rétrécis, rétrécis ! » fit-il alors en tapant sur son tambour, et son nez retrouva sa taille normale.

C'était un jeu très distrayant, et Gengorô, qui avait

l'esprit farceur, l'eût bien prolongé. Mais en cheminant, il réfléchissait. Utilisé à bon escient, ce tambour magique pouvait lui procurer gloire et fortune. Or, il passait à ce moment devant la demeure d'un grand seigneur, qui avait, disait-on, une fille belle comme le jour, en âge de se marier. Gengorô, son tambour magique attaché à la ceinture, rôda aux alentours. Enfin, il découvrit un trou dans une haie de clôture, il s'y glissa et, après avoir traversé plusieurs cours, il se retrouva dans le gynécée. Là, une très belle jeune fille comme il n'en existe que dans les rêves était assise au bord d'un bassin et contemplait dans l'eau une fleur de lotus. Gengorô s'approcha, et il murmura, en frappant sur son tambour magique :

« Nez de jeune fille, rétrécis, rétrécis… »

Le nez de la jeune fille diminua, diminua tant et si bien qu'il disparut. Quand le grand seigneur aperçut sa fille, il poussa un cri d'effroi. Elle n'avait plus de nez, son visage était plat comme une galette. Hélas, dit le malheureux père, comment allons-nous désormais marier notre enfant, qui voudra d'un monstre ? Il faut absolument trouver un médecin, qui lui rende son nez, et sa beauté enfuie.

*

Alors défilèrent dans la noble demeure les médecins les plus célèbres de tout le pays, mais aussi les guérisseurs, les mages et même les charlatans. On ne refusait personne, tant l'on espérait un miracle.

C'est à ce moment que Gengorô se présenta. Les serviteurs faillirent le chasser tellement il avait piètre allure, mais ils obéirent aux consignes, et il fut introduit à son tour dans la chambre de la jeune fille. Celle-ci se cachait derrière un paravent. Gengorô s'installa, et dit à voix haute, en frappant discrètement sur son tambour magique :

« Nez de jeune fille, grandis, grandis ! »

Ô miracle, au fur et à mesure qu'il parlait et frappait sur son tambour, le nez apparaissait, se dégageait, retrouvait sa taille habituelle. Le grand seigneur, fou de joie, combla Gengorô de cadeaux. Un magnifique banquet fut donné en son honneur. Il reçut un habit neuf, un équipage complet, un palanquin et des serviteurs. On lui offrit même une maison et les terres attenantes. Gengorô mena quelque temps une existence de plaisirs, et s'il l'eût voulu, sa fortune était faite. Mais bientôt il s'ennuya. Un matin, après avoir remercié le grand seigneur de ses bienfaits, il reprit la route, préférant à la richesse et aux honneurs la pauvreté, et son insolente liberté.

*

« Maître, montrez-moi la Voie de la délivrance !

– Qui t'a enchaîné ? interroge le maître, nomme-le-moi !

– Personne, dit le disciple.

– Alors pourquoi demandes-tu la délivrance ? »

Le crapaud vert

C'était un jeune crapaud, à peine deux ans, un adolescent. Que sait-on encore à cet âge ? Un petit amphibien d'une gracieuse couleur verte, à la peau gentiment grumeleuse…

« Verruqueuse ! grommelle papa crapaud. Soyons précis, je vous prie…

– Mon fils, dit vivement maman crapaud, croyez-moi, vous êtes beau, le plus aimable, le plus galant, le prince charmant de tous les petits crapelets. Sans doute sautez-vous moins loin que votre cousine la grenouille, mais vous êtes plus utile au jardin, je suis fière de vous ! »

Ainsi lesté de confiance, le jeune crapaud sortit un soir d'été de dessous la grosse pierre familiale, et s'en alla se promener. Il dressait avec orgueil sa tête aplatie, et regardait le monde inconnu en levant haut ses lourdes paupières. Il faisait chaud, la nuit était douce et belle. Une délicieuse petite fille le rencontra dans la grande allée. Elle poussa un cri :

« Oh ! Quelle horreur, un crapaud !

– Mon Dieu ! qu'il est laid ! » dit sa mère.

Elle le repoussa du pied. Par réflexe, le jeune crapaud se couvrit d'urine protectrice.

« C’est vraiment une créature ignoble ! » fit la mère.

Elles s’éloignèrent toutes deux, en reniflant de dégoût.

Il suffit de changer le regard

Un peintre honoré à la cour du Japon avait deux chats. Le premier était un gros chat roux, une brute de l'espèce, un monstre, un géant, les oreilles couturées, un œil en bandoulière, et avec cela des griffes énormes, qui même au repos semblaient des cimeterres. Effrayant ! Il y avait aussi une petite chatte crème, avec un museau pointu ourlé de blanc, des yeux bleus innocents, une queue de gentil écureuil.

Or, ce matin-là, un ami rendait visite au peintre. Après avoir admiré ses œuvres les plus récentes, et une ancienne, le mont Fuji-Yama coiffé de neige, qu'il contemplait toujours avec délectation, il remarqua par hasard deux ouvertures, l'une grande, l'autre petite, au bas de la porte de l'atelier.

« À quoi te servent ces curieuses aérations dans ta porte ? questionna l'ami en plaisantant.

– Vois-tu, j'ai deux chats », expliqua le peintre, et il décrivit avec complaisance le caractère et les habitudes de ses animaux familiers.

Il conclut :

« Le grand trou est pour le chat roux, le petit pour la gentille chatte siamoise.

– Mais, dit l'ami en riant, ne crois-tu pas que la petite chatte pourrait aisément passer par le grand trou ?

– C'est vrai ! s'exclama le peintre. Ma foi, je n'y avais jamais pensé ! »

L'empereur choisit un Premier ministre

Il était une fois un empereur, qui voulait choisir en qualité de Premier ministre le plus sage, le plus avisé de ses sujets. Après une série d'épreuves difficiles, il ne resta en lice que trois concurrents :

« Voici le dernier obstacle, l'ultime défi, leur dit-il. Vous serez enfermés dans une pièce. La porte sera munie d'une serrure compliquée et solide. Le premier qui réussira à sortir sera l'élu ! »

Deux des postulants, qui étaient fort savants, se plongèrent aussitôt dans des calculs ardus. Ils alignaient des colonnes de chiffres, traçaient des schémas embrouillés, des diagrammes hermétiques. De temps en temps, ils se levaient, examinaient la serrure d'un air pensif, et retournaient à leurs travaux en soupirant.

Le troisième, assis sur une chaise, ne faisait rien. Il méditait. Tout à coup, il se leva, alla à la porte, tourna la poignée : la porte s'ouvrit, et il s'en alla.

Le jeune moine

Il était une fois un jeune moine qui s'en allait par les chemins mendier son riz quotidien, pieds nus dans les sandales et le bol à la main. C'était un moine sérieux, soucieux de bien faire. Or, un soir, rentré à la communauté, il court auprès du maître, le cœur en désarroi :

« Maître, je suis rongé par un désir indigne, conseillez-moi, aidez-moi !

– Parle, dit le maître en regardant le jeune novice avec compassion.

– Voilà, tous les jours, en allant mendier, je passe devant le marchand de *rasgoulas* [ce sont des pâtisseries bengalis très sucrées, baignant dans le sirop], et je voudrais tant y goûter, je ne pense plus qu'à cela ! conclut le moine en baissant la tête.

– Bien, fait le maître impassible, et, tendant au jeune novice une pièce de quatre *annas*, il dit : Va t'acheter des rasgoulas, et mange-les à ma santé ! »

Stupéfait, le novice empoche la pièce et se retire. Plusieurs jours passent. Un soir, le maître fait appeler le novice :

« Alors, Jahand, t'es-tu bien régalé avec les rasgoulas ?

– C'est-à-dire, maître, oui… je crois.

– Comment, tu crois ? N'étais-tu pas heureux de manger ce qui te faisait envie depuis si longtemps ?

– Eh bien, maître, j'avais un peu honte, un moine mangeant des rasgoulas, ce n'était pas très honorable, n'est-ce pas… »

Alors le maître comprit que le désir qui rongeait le cœur de son disciple avait été mal satisfait, et qu'il était toujours là, tapi au fond de lui, comme un obstacle sur le chemin spirituel.

Il tendit au jeune moine une nouvelle pièce de quatre annas :

« Je veux, dit-il, que tu manges des rasgoulas à la face du ciel, que tu les goûtes longuement, que tu les trouves exquises, je veux que tu accomplisses cela en l'honneur de l'ashram, en hommage à Bouddha, comme un acte sacré ! »

Ainsi fit le disciple. Et le désir parfaitement exaucé tomba comme une peau après la mue. Alors le jeune moine fut libre, et le chemin de l'Éveil ouvert devant lui.

La légende de Sariputara

Il y a de cela des ères et des ères, au sud de l'Himalaya, dans un pays appelé aujourd'hui le Népal, vivait un jeune et fidèle disciple de Bouddha, que l'on nommait Sariputara. Un beau matin de printemps, le disciple, simplement vêtu de sa robe de moine, les sandales aux pieds, se rendait au bord de la rivière. Je serai plus à mon aise dans la nature pour méditer et faire zazen, se disait-il. Je n'ai guère envie, par cette belle journée, de rester enfermé dans la triste salle du couvent.

Le jeune homme s'installe parmi les fleurs, sous le saule au doux ombrage. Les jambes repliées en lotus, le torse droit, les yeux à demi fermés, les mains au périnée (la droite sur la gauche, selon la tradition indienne), la respiration égale, il commence sa méditation. Mais bientôt le bavardage des oiseaux, les poissons dans l'eau claire, qu'il aperçoit furtivement sous ses paupières baissées, le distraient. C'est intolérable, se dit-il. Je ne puis méditer dans ces conditions. Alors il décide de supprimer radicalement les causes de sa dissipation. Je suis assis en zazen parfait, et ces stupides animaux viennent me déranger ! Mû par une juste colère, il se lève, tue les oiseaux et les poissons, et, afin d'en être définitivement débarrassé, il en fait son repas. Il reprend la posture. Mais à peine a-t-il fermé les yeux, concentré sa pensée, qu'il sent son estomac gargouiller, tripes et boyaux se révulser. Il a trop mangé, il ne peut toujours pas méditer.

Ce ne sont ni les oiseaux, ni les poissons qui nous troublent, dit le sage zen, mais la façon dont nous les accueillons.

Le Bouddha et la fleur

Conte d'origine indienne

En ce temps-là, au VIe siècle avant notre ère, Siddharta, que l'on nomme aussi Gautama, ou Shakyamuni, ou encore l'Éveillé, le Bouddha, atteignait ses quatre-vingt-un ans. Depuis son premier discours au parc des Gazelles de Samath, près de Bénarès, jusqu'à ce jour où il s'installa sous le figuier de l'éternel retour, soixante années se sont écoulées. Aujourd'hui, le Bouddha est vieux.

« Grand âge, nous voici – et nos pas d'hommes vers l'issue. C'est assez d'engranger, il est temps d'éventer et d'honorer votre aire. Grand âge, nous voici. Prenez mesure du cœur d'homme[32] », écrit superbement Saint-John Perse.

Mais le Bouddha…

Tant de jours et de jours à marcher dans la poussière et la boue des chemins. Hiver, été. Les jours sans fin à enseigner, à prêcher, à répondre avec patience aux interrogations de ses disciples… sans fin, sans fin. Cette nuit-là, le Bouddha, installé dans la posture familière du lotus, sous le figuier, l'arbre de l'éternel retour, ne dit rien. Chacun dans l'immense foule pressent qu'un événement solennel se prépare. Le Béni va quitter son enveloppe mortelle, le Béni abandonne les siens.

Alors Ananda, le disciple préféré, se lève :

« Maître, dit-il, voici soixante années que tu nous parles, que tu nous guides, explique-nous enfin quel est le sens de ton enseignement, dis-nous ton secret ! »

Le Bouddha, assis dans la posture du lotus, sous la lune, se tait. Un silence tendu se prolonge. Cinq mille personnes retiennent leur souffle. Le Bouddha, en un geste très lent, cueille une fleur, une simple fleur des champs. Il la prend délicatement entre le pouce et l'index, et la fait tourner doucement. Alors il sourit. Et tous les hommes, et toutes les femmes de l'immense foule soupirent. L'Éveillé, le Bouddha achève ainsi le cycle de ses renaissances. Il entre dans la paix de l'éternel Atma.

Anicca : l'impermanence. Tout se dilue, s'efface, disparaît. Toutes les formes s'évanouissent, pâlissent comme la lumière de nos ampoules au soleil du matin. Jouer le jeu de la vie, mais ne pas confondre l'écran et le film, l'éternel et l'éphémère. C'est cela, « vivre avec grâce ».

Le repêchage de la lune

Il était une fois une grande et belle forêt, où vivait en paix tout un peuple de singes. Ce soir-là, une pleine lune ronde et claire se reflétait dans l'immense lac au milieu des bois. C'était une nuit d'été, un vent léger dissipait dans l'air un parfum délicieux de fleurs sauvages.

À ce moment, un grand singe descendit précipitamment de sa branche et se mit à appeler ses congénères :

« Petits frères, petits frères, une catastrophe abominable vient de se produire ! »

Sept ou huit petits singes accourent, effrayés :

« Qu'y a-t-il, grand frère ?

– Venez avec moi ! » ordonna le grand singe.

Les petits singes le suivirent, le cœur étreint par l'angoisse. Enfin, ils parvinrent au bord du grand lac au milieu des bois. Ils se regroupèrent dans les branches d'un arbre, et le grand singe s'exclama :

« Malheur sur nous, mes frères, regardez bien, la lune est tombée dans l'eau, et va se noyer !

– Hélas, dit un petit singe, courtisan empressé, hélas, désormais, les ténèbres vont régner sur le monde !

– Quand je chercherai ma maman, le soir, je ne la retrouverai plus dans le noir ! » se lamenta le plus jeune.

Alors le grand singe prit la parole :

« Songez, mes frères, aux lièvres, aux lapins, aux loutres, aux belettes et aux rats musqués, à tous les habitants de la forêt qui n'auront plus la clarté de la lune pour se guider. La vertu, la simple bonté nous enjoignent de les aider !

– Que faut-il faire ? demanda le petit singe qui avait peur de ne plus retrouver sa maman dans le noir.

– Nous allons repêcher la lune ! »

Un silence respectueux accueillit ces paroles.

« Voici comment nous allons procéder, ordonna le grand singe. Je vais me suspendre à cette branche, je laisserai pendre ma queue, et vous vous accrocherez à ma suite, jusqu'à ce que le dernier affleure l'eau, et repêche la lune ! »

Chacun obéit. Au moment de se glisser à la dernière place, le petit singe qui avait peur de ne pas retrouver sa maman dans le noir s'écria :

« Grand frère, la branche à laquelle tu es suspendu commence à craquer, je tremble qu'elle ne casse !

– Couard, poltron ! se fâcha le grand singe. Rejoins ta place sans te dérober sous de faux prétextes ! »

Les singes, qui étaient déjà accrochés à la queue leu leu et qui trouvaient cette posture fort incommode, firent chorus :

« Froussard, poule mouillée ! Prends ta place sans tergiverser ! »

Le petit singe, sous les hourvaris, descendit ; arrivé tout près de l'eau, il tendit le bras, et, au moment où il allait saisir la lune, la branche cassa. Un plouf énorme. Tous les singes tombèrent dans le lac, et périrent.

*

L'oubli de soi, la générosité, la patience, la bonté, le désir de servir autrui avec un minimum de raison, de sagesse, toutes ces qualités sont précieuses pour « vivre avec grâce ». Mais il suffit parfois d'accueillir le présent dans la sérénité, de prendre conscience de la goutte de cristal de l'instant.

Le taureau et les cent chariots de pierres

Conte d'origine indienne

La légende rapporte que Shakyamuni, le Bouddha, naquit dans l'une de ses vies antérieures sous la forme d'un petit veau. Traité avec gentillesse et affection par son maître, un noble brahmane, le bouvillon devint un taureau puissant et doux. Il voulut récompenser le saint homme, et lui apparut en songe :

« Maître, dit-il avec respect, propose un défi à ton voisin, le riche marchand. Affirme-lui que je serai capable de tirer cent chariots emplis de pierres. Engage sur ce pari mille pièces d'or ! »

Le noble brahmane croyait aux rêves. Il alla trouver le riche marchand et lui parla de ce défi. Le voisin estima que le saint homme était un simple, ou un fou. Mais il était avide et sans scrupule, il accepta, tout en riant sous cape de la naïveté du bonhomme.

Au jour convenu, le brahmane fit charger cent chariots de pierres. Il attela le taureau, s'empara des rênes. Il était anxieux. Il avait misé toute sa fortune sur ce pari, et il s'écria :

« Tire, tire, même si tu dois mourir sous l'effort, j'ai engagé mille pièces d'or, et je ne suis pas riche ! Tire ! » hurla-t-il, et il fouetta cruellement l'animal.

Le taureau roulait ses puissantes épaules, mais il semblait cloué au sol, et les chariots ne bougèrent pas.

« Maudit eunuque ! Je te ferai égorger, et j'abandonnerai ta charogne aux vautours ! »

Rien n'y fit. Les cent chariots ne s'ébranlèrent pas d'un pouce. Le brahmane perdit son pari. Il donna mille pièces d'or au marchand, qui se moquait ouvertement de lui. Ruiné et honteux, il entra dans sa demeure et s'endormit dans son chagrin.

Or, cette même nuit, le taureau lui apparut à nouveau. Il parla ainsi :

« La douceur, la bonté, les paroles aimables sont plus efficaces que les injures et les coups. Interroge la compassion qui est au fond de ton cœur, et tu gagneras ton pari. Relève le défi, et propose cette fois deux mille pièces d'or à ton voisin ! »

En s'éveillant le lendemain, le brahmane se souvint de son rêve. Il hésitait. Je vais sans doute me ridiculiser, se disait-il, mais je suis ruiné, et je n'ai plus rien à perdre. Après tout, pourquoi ne pas tenter cette gageure… Le marchand l'écouta avec incrédulité. Ce saint homme est vraiment trop stupide, songea-t-il, mais tant pis pour lui ! Deux mille pièces d'or sont toujours bonnes à prendre.

Il accepta le défi.

Au jour dit, on remplit cent chariots de lourdes pierres. Le marchand vérifia soigneusement que tous étaient garnis à ras bord. Le taureau semblait guilleret. Il portait autour du cou une guirlande de fleurs, et on l'avait nourri le matin même avec du riz parfumé. Quand le signal du départ fut donné, le brahmane lui murmura à l'oreille :

« Ô taureau mon ami, mon cher Nida-Visala, je t'ai

toujours bien traité depuis l'heureux jour de ta naissance. Je t'ai nourri de bon gruau, soigné, protégé, alors que tu n'étais qu'un petit veau sur ses pattes vacillantes. C'est que j'ai pour toi beaucoup d'affection, mon cœur est plein de compassion et d'amour pour tous tes frères... »

Ayant dit, le brahmane monta sur le premier char, fit claquer doucement sa langue, et le taureau, dans un effort titanesque... ébranla les cent chariots, et les tira sur une distance de douze mètres.

*

La compassion, l'amour bienveillant, le partage des maux d'autrui, est la plus belle des vertus. Elle présente un « caractère magique », affirme le dalaï-lama[33]. Le bébé qui manque par trop du « lait de la tendresse humaine » en meurt. Aucune éducation ne porte ses fruits sans compréhension, patience, affection. Et le mourant a besoin qu'on lui tienne la main. Nous sommes des animaux sociaux, nous dépendons les uns des autres, nous avons besoin de leur bienveillance, de leur amitié. Quand je me promène en mon village, et que je rencontre un visage hostile ou indifférent, un nuage assombrit ma journée. Je souris à tous, j'offre à tous mon amour silencieux, même à ceux qui me tournent le dos. C'est que la compassion est une vertu qui a de l'écho. Le bien qu'elle fait à autrui nous est rendu au centuple. La *compassion*, affirme le Zen, est un raccourci vers le bonheur. Mais écoutez plutôt cette histoire...

Le vieux couple et les écureuils

Il était une fois un couple de vieux paysans qui n'avaient jamais eu d'enfants. Ils vivaient dans la forêt. L'homme tressait des sandales, la femme ramassait du bois. Ils étaient pauvres et seuls, tristes, souvent. Un matin, la femme rencontra près de leur chaumière une belette, qui tenait entre ses dents un petit écureuil glapissant de peur. Elle chassa la belette avec son bâton, recueillit le petit écureuil, soigna ses blessures, et, en attendant qu'il puisse aller à nouveau dans la forêt, lui apporta des graines de conifères, des glands, des faines, et même des noisettes.

Au fil des jours, le vieux couple se prit de tendresse pour le petit écureuil. À la vérité, c'était une demoiselle, et mignonne à croquer. Une tête étroite et gracieuse, surmontée de deux oreilles volubiles. Des yeux noirs et malins. Malgré ses blessures, elle était sans cesse en mouvement. Elle faisait tourner à toute vitesse entre ses pattes les graines de conifères pour les éplucher, et sa queue rousse s'élevait comme une oriflamme, jetant çà et là, dans la cabane misérable, des éclairs de feu. Quand demoiselle écureuil fut guérie, elle regagna la forêt. Mais elle n'oublia pas ses bienfaiteurs. Au printemps suivant, elle leur présenta ses enfants. Quatre petites boules aveugles et légères, pesant à peine douze grammes, mais déjà pourvues d'élégantes moustaches. Elle recommença l'année suivante. Sa famille était toujours la bienvenue dans la cabane, où l'on trouvait en abondance graines de conifères, glands, faines, noisettes, et même, rare délice, de petits champignons. Ainsi passèrent les ans. Dix générations d'écureuils y élurent domicile. C'était une fête perpétuelle de cris joyeux, de gambades et de queues rousses entremêlées.

Une année vint où la femme tomba malade, et ne put se rendre dans la forêt. Le pauvre vieux perdait ses forces, et ne tressait plus guère de sandales. La misère s'installa. Les écureuils insouciants ne trouvaient plus à leur disposition faines, glands et noisettes. Alors, peu à peu, ils désertèrent le logis. Adieu les cris pointus, les sauts, les joyeuses escalades le long des parois. Le vieux couple fut seul. Ce matin d'hiver, ils contemplaient tristement par la fenêtre le manteau blanc de la neige, qui recouvrait la campagne. Ils n'avaient plus rien à manger, et déjà se résignaient. C'est alors qu'apparut une procession de queues rousses. Les écureuils revenaient. Ils déposèrent aux pieds du vieux couple des épis de riz, et des épis de blé dorés, et même deux ou trois racines de ginseng. Avec ces plantes, et d'autres, dont les écureuils connaissaient les effets miraculeux, la femme prépara une tisane fortifiante. Le vieux couple fut sauvé.

*

La compassion reconnaît une vérité simple. Tous les êtres ont droit au bonheur. Et le bonheur de chacun dépend étroitement de celui des autres. C'est vrai sur le plan écologique. Si l'on empoisonne la planète au Brésil, en Amérique, ou en Sibérie, on en ressentira les effets ici. Ne penser, ne vivre que pour soi conduit à tout perdre. Les tout-petits, les vieillards dépendent absolument de la tendresse, et les adultes plus qu'ils ne le croient. La compassion, ce n'est pas aimer ses amis et rejeter dans les ténèbres extérieures ses ennemis, mais étendre sur tous l'égalité d'humeur, l'amour, la magique tendresse. Alors « un jour viendra, un jour couleur d'orange », dit le poète. Alors les écureuils, comme dans le conte, reviendront, et nous sauveront de la misère ou du chagrin.

Les deux moines et la jeune femme

Deux moines, l'un jeune, l'autre vieux, robes safran, crânes rasés, sandales aux pieds nus, rentrent en leur couvent un beau soir d'été.

« Notre journée a été longue et fatigante, frère Ushi, dit le plus jeune, mais nous avons bien honoré Bouddha, et récolté en mendiant notre content de riz et de pièces de cuivre. Le maître nous félicitera certainement !

– Oui…, fait distraitement le moine plus âgé, et il ajoute avec bonté : Ne soyez pas inquiet, frère Toshibu, le maître apprécie votre zèle. »

Les saints hommes poursuivent leur voyage en silence. Soudain, au détour du chemin, une rivière barre la route. Sur le bas-côté, une jeune femme séduisante aux vêtements coûteux est assise sur une grosse pierre, et semble attendre du secours. Ni barque, ni passeur.

Le moine plus âgé, avec simplicité, prend la femme dans ses bras et lui fait traverser la rivière sans qu'elle se mouille le bout des souliers. La délicieuse créature le remercie d'un sourire et s'en va. Les deux moines continuent leur chemin. Long silence. Brusquement, n'y tenant plus, le jeune moine s'écrie :

« Frère Ushi ! Ne savez-vous pas que la règle nous interdit strictement tout contact et tout commerce avec les femmes ! »

Le vieux moine poursuit son chemin sans répondre :

« Frère Ushi ! dit le jeune moine, qui s'échauffe, comment avez-vous pu porter dans vos bras une femme belle et parfumée, et lui faire traverser la rivière ?

– Frère Toshibu, dit le vieux moine. Serait-ce que vous sentez encore le poids de cette femme ? Il y a pourtant longtemps que nous l'avons laissée derrière nous ! »

Le moine qui voulait mourir debout

Or, en ce temps-là, rapporte la légende, il y avait un moine du nom de Ten Yinfeng, qui, avant de « passer au-delà du chagrin » comme tout homme en ce monde, interrogea ainsi ses disciples :

« On a vu des moines mourir couchés, assis, mais y en a-t-il qui sont morts debout ?

– Oui », répondirent les disciples.

Et ils nommèrent le troisième patriarche Seng-tsan qui mourut debout, les mains croisées sur le nombril en l'an 606, et aussi Chilchen de Huanch, qui décéda en 906, il fit sept pas et mourut en plein élan de sa marche…

« Fort bien, dit Ten Yinfeng. Et à votre connaissance, y a-t-il des moines qui expirèrent la tête en bas ?

– Non, firent les disciples, étonnés, aucun sage, à notre connaissance, n'est mort ainsi.

– Ah ! » fit Ten Yinfeng.

Et il se mit la tête en bas, et il mourut ainsi.

Quand on voulut emmener le maître sur le bûcher funéraire, sa position insolite gêna tout le monde. La cadette de Teng, une jeune nonne qui assistait aux funérailles, voyant l'embarras des moines, apostropha ainsi son frère mort :

« Sans doute étais-tu un saint homme ! s'écria-t-elle. Mais tu importunes l'assemblée avec tes excentricités ! »

Et d'une ferme poussée, elle fit tomber le cadavre de son frère, ce qui permit de le porter sans difficulté jusqu'au crématoire.

Le ministre du roi

Il était une fois un couple de pauvres bûcherons. Le mari s'en allait tous les jours dans la montagne couper du bois. Ce soir-là, il rentrait, sa lourde charge sur le dos, quand il croisa dans un chemin étroit un fonctionnaire du gouvernement. Ce personnage d'importance voyageait sur une litière à quatre porteurs. Les valets qui précédaient le cortège l'écartèrent brutalement :

« Place, place à monsieur le gouverneur ! »

Le bûcheron, pliant sous le faix, tomba dans la boue. À ce moment, le fonctionnaire, soulevant un rideau, vit le bûcheron à terre :

Il rit en disant avec mépris :

« Regardez-moi cette face d'abruti ! »

Et, refermant le rideau, il passa.

Le jeune bûcheron, qui ne connaissait pas la méchanceté du monde, fut profondément blessé. Comment, se disait-il, je travaille tout le jour, je suis honnête, et ce fonctionnaire me considère moins que la boue du chemin ! Il rumina sa colère plusieurs semaines. Enfin, il eut l'occasion de rencontrer le chef du village, à qui il relata sa mésaventure :

« C'est chose banale ! dit le chef du village. Tu ne

sais ni lire ni écrire, pour un fonctionnaire du roi, tu n'es rien, à peine un animal !

– Que dois-je faire pour que l'on me respecte comme un homme ? demanda naïvement le jeune bûcheron.

– Deviens fonctionnaire ! dit le chef de village en haussant les épaules.

– Et comment m'y prendrai-je ? insista le bûcheron.

– Va dans la capitale, traîne dans les rues aux alentours du palais, on finira bien par te nommer mandarin ! » se moqua le chef du village.

Le pauvre bûcheron était aussi ignorant des usages du monde qu'un veau qui tète encore sa mère. Il crut les paroles du chef du village. Après avoir dit adieu à sa femme, il fit son baluchon et partit à pied pour la capitale. Il trouva un abri de fortune aux portes de la ville, et suivant à la lettre le conseil qu'on lui avait donné, il passa ses journées en se traînant dans la boue des rues, aux alentours du palais du roi.

« Qui est ce fou ? se demandaient les habitants.

– Il prétend qu'ainsi il obtiendra un poste de fonctionnaire, expliqua une vieille femme. C'est un simple, un benêt. »

Qu'il pleuve, vente ou neige, par tous les temps, le bûcheron continuait de se rouler dans la boue des rues. Il devint bientôt une attraction dans la ville. Les jours de marché, la foule s'assemblait autour de lui. Les gamins le brocardaient, et lui jetaient parfois des pierres.

« Mais pourquoi se traîne-t-il ainsi sur le sol, alors que ses deux jambes sont saines ? questionnaient les gens sérieux.

– Il croit qu'ainsi on le nommera fonctionnaire ! C'est un sot de la plus belle eau !

– Ah, ah, ah ! »

Les libellistes composèrent une chanson, que répétaient les gamins sous les murs du palais :

« Roule, roule dans la boue
Fais-toi des bosses partout !
Mais que t'importe cela,
Le roi te dédommagera !
Ah, ah, ah… ! »

L'histoire de ce fou, qui rêvait de coiffer le chapeau des fonctionnaires en se traînant dans la boue, parvint aux oreilles du roi.

« Ce doit être un simple, un innocent, dit le souverain, mais son courage et son obstination m'intriguent. »

Le lendemain, comme il le faisait parfois, il revêtit des habits ordinaires et se glissa hors des murs du palais. Il se mêla à la foule, et personne ne le reconnut. Il s'approcha du malheureux étalé dans la gadoue.

« Il paraît que tu te roules dans la boue pour devenir fonctionnaire ?

– C'est la vérité, dit le bûcheron, et je le deviendrai…

– Ah, fit le roi. Et quel poste désires-tu obtenir ?

– Quel poste ? Je ne sais pas…

– La fonction t'est indifférente ? demanda le roi.

– Il faudrait, dit le bûcheron, qu'elle soit plus importante que celle de gouverneur de province. »

Et il raconta son histoire au personnage bienveillant qui l'interrogeait.

« Je vois, fit le roi. Je crois que le poste de ministre te conviendrait.

– Eh bien, va pour ministre, dit le bûcheron, cela m'est égal !

– Tu souhaiterais peut-être prendre la place du roi en personne ?

– Non ! se récria le bûcheron. Le roi est un personnage sacré, élu des dieux, je voudrais simplement un emploi qui fasse de moi un homme ! »

Le roi hocha la tête, et s'en alla songeur.

À quelque temps de là, il ordonna que l'on fît venir auprès de lui le bûcheron qui se roulait dans la boue sous les murs du palais. En présence des courtisans, il lui remit solennellement le chapeau de crin qui faisait de lui un fonctionnaire royal, et du haut de son trône, il lui parla avec bonté :

« Mon ami, dès cet instant, tu es un fonctionnaire, l'égal de tous les gouverneurs de province. Désires-tu autre chose ?

– Je veux reprendre ma hache, et retourner dans ma forêt, dit le bûcheron. C'est là que je suis heureux. Je n'aurai désormais plus de soucis, puisque le roi lui-même a reconnu en moi un homme ! »

Le notable qui se fit ermite

Il était une fois un notable marié et père de famille, fidèle dévot de Bouddha. Il était parti en voyage pour rendre ses devoirs au Bienheureux, à l'occasion de la fête d'anniversaire, et orner ses autels de guirlandes de fleurs. Son épouse, qui était restée à la maison, reçut la visite de sa mère :

« Alors ma fille, es-tu toujours heureuse avec ton mari, comment se comporte-t-il avec toi ?

– Je n'ai pas à me plaindre, mon cher époux est un homme bon, sage et vertueux comme un ermite ! »

La brave dame, qui était un peu dure d'oreille, n'entendit que le dernier mot, « ermite ». Elle se répandit aussitôt en lamentations et en cris :

« Comment ! s'exclama-t-elle, voilà un mari qui abandonne sa jeune épousée, avec un enfant et un deuxième qui vient. C'est abominable ! Se faire ermite lorsque l'on a femme et enfants ! »

Et la vieille de pleurer, de se griffer le visage ; s'arrachant les cheveux et se couvrant la tête de cendres, elle prit à témoin les voisins :

« ERMITE ! Quel affreux malheur !

– Mais non, maman, s'écriait la jeune femme affolée, mon cher époux ne s'est pas fait *ermite* !

– ERMITE ! hélas ! s'époumonait la vieille sourde. Quelle catastrophe ! Que vont devenir ma fille et mes pauvres petits-enfants ! Quelle disgrâce, quel chagrin ! »

Et elle courait dans le village, annonçant la nouvelle à chacun.

Rentrant chez lui, Kalyana fut accueilli par ses concitoyens persuadés qu'il s'était fait ermite. Stupéfait, il vit là un signe du ciel. Il régla ses affaires, dit adieu à son épouse et à ses enfants, et retourna dans le monastère zen dont il avait été l'hôte pendant ses dévotions. Il se fit ermite, en effet, fut bientôt renommé pour sa sainteté, et quand il mourut, il entra dans le ciel de Brahma.

*

Une parole peut changer un destin.

Aucune parole n'est tout à fait innocente. La « parole juste » est économe. Il ne faut pas ajouter de la souffrance au monde, guérir s'il se peut la relation entre les hommes. Ni mentir, ni calomnier, éviter les commérages. Parler d'un tiers n'est jamais sage. En dire du mal, c'est lui nuire, en dire trop de bien, c'est déprécier par comparaison son interlocuteur. Encourager, réconforter, valoriser, équilibrer, sourire. Éveiller le goût pour les choses spirituelles. La « parole juste », selon les maîtres zen, apporte un peu de paix, de sagesse, de bonheur en ce monde.

La jeune reine n'aimait pas le roi...

Conte d'origine indienne

Dans ce petit royaume du nord de l'Inde, la tristesse recouvrait bêtes et gens, paysans, courtisans, de son voile noir. La reine n'aimait pas le roi. Pourquoi ? Ah ! Comment expliquer ces choses ? Le destin contraire... un rien, peut-être, un œil trop pâle ou trop noir, un geste, que sais-je ? La reine n'aimait pas le roi. Un jour, le fils de l'intendant de la cour, un jeune homme de belle prestance, rencontra la reine vêtue de ses habits de cérémonie. Il fut ébloui. Il aima la reine. Elle l'aima en retour. Que faire ? Le jeune homme dépérissait, se rongeait d'amour. La reine se consumait, pleurait en secret. Le roi faisait peine à voir. Il fallait trancher. Le souverain, qui était juste et bon, fit venir le fils de l'intendant :

« Senaka, dit-il, je sais ta droiture et ta fidélité, et ton amour. Voici ma proposition : je te prête la reine pendant sept jours. Aime-la, et rends-la-moi guérie et heureuse, dans une semaine exactement ! »

Senaka et la reine partirent dans un lieu discret, où ils s'aimèrent pendant sept jours, selon l'ordre royal. Mais leur passion, bien loin de s'éteindre, s'enflamma, s'exalta jusqu'à la folie. Le huitième jour, ils s'enfuirent. Le roi, cruellement trahi, devint le plus malheureux des hommes. Tantôt il était résolu à déclarer la guerre au royaume voisin, et à récupérer les amants rebelles par la force, tantôt il parlait de mourir. Il souffrait de si atroce façon que le sang lui coulait des entrailles. Il demanda conseil au bodhisattva[34] qui vivait à la cour :

« Ô sage, tu connais mon malheur, que dois-je faire ? »

Le bodhisattva réfléchit plusieurs jours et parla ainsi :

« Ô grand roi, s'il se trouvait parmi tes sujets un homme capable d'avaler un sabre aiguisé, lui accorderais-tu une récompense extraordinaire ?

– Sans doute…, fit le roi.

– Ô grand roi, s'il se trouvait dans tout le royaume un homme capable d'avaler un sabre finement aiguisé, lui accorderais-tu même le cœur de la reine ?

– Si un tel homme existait, il serait protégé par les dieux, et je lui accorderais même le cœur de la reine.

– Ferais-tu ce don précieux sans colère, sans amertume, sans regret ?

– Oui, certainement, dit le roi.

– Alors s'il existait un homme, fit le bodhisattva, qui n'avalait pas en son entier un sabre finement aiguisé, mais qui accomplissait un exploit encore plus incroyable : émouvoir le cœur de la reine ?

– Si un tel homme existait, fit le roi, capable de se faire aimer de la reine, que je connus toujours froide et insensible, je la lui accorderais !

– Eh bien, fit le bodhisattva, le fils de ton intendant a réalisé cet exploit inconcevable ! »

Le roi médita ces paroles. Il accepta sans colère, sans amertume, sans regret de donner le cœur de la reine. Aussitôt, le sang cessa de couler de ses entrailles. Il connut la paix intérieure. Il avait atteint « l'autre rive ».

Le marchand de soie

Il était une fois un marchand de soie qui gravissait une montagne, sous la chaleur brûlante de midi. Il traversait le pays de Corée, où l'on trouvait beaucoup de brigands, et pour se donner du courage, il fredonnait une chanson :

« Je suis le marchand de soie,
qui vient de Chine.
Mes étoffes ont belle mine
Dans ma hotte de bois.
J'ai des rouleaux pour les parents
J'en ai pour les enfants.
De la soie, verte, blanche ou dorée.
Pour vingt brassées, je fais un rabais.
Achetez, achetez-en
Vous serez tous contents !
Je suis le marchand de soie
Qui vient de Chine
Mes étoffes ont belle mine
Dans ma hotte de bois
Trala, lala, lala, lala… »

La journée s'avançait, et il faisait de plus en plus chaud. Le marchand de soie résolut de s'offrir une sieste sous un arbre. Il choisit un endroit paisible et ombragé à proximité d'un tombeau sur lequel veillait une *mangdusok*, statue traditionnelle, taillée dans le granit. Quand le marchand s'éveilla, le soleil déclinait à l'horizon. Il s'ébroua, jeta un coup d'œil autour de lui, et poussa un cri. Sa hotte était vide. Pendant son sommeil, un voleur avait dérobé tous ses rouleaux de soie ! Désespéré, le marchand se hâta vers la ville voisine. Il demanda audience au préfet qui gouvernait la province pour réclamer justice.

Le gouverneur le reçut dès le lendemain matin. Il écouta avec attention le marchand et l'interrogea :

« Avant de t'assoupir, as-tu remarqué une présence dans les environs ?

– Non, Seigneur, il n'y avait que la mangdusok, qui fixait le tombeau de ses yeux de pierre.

– Ah, ah ! dit le préfet. La mangdusok... veillait. Je vais réfléchir à ton problème. Reviens demain, je te dirai ce que j'ai décidé. »

Le lendemain était le jour où le préfet rendait la justice devant le peuple assemblé. Quand l'affaire du marchand de soie fut évoquée, il ordonna à ses gardes :

« Allez me chercher la mangdusok qui garde le tombeau. Elle connaît le voleur, et c'est le seul témoin ! »

Les gardes, un peu étonnés, mais habitués à obéir sans discuter, partirent dans la montagne. Ils ramenèrent la lourde statue de granit et la déposèrent au pied de l'estrade. Le préfet ordonna qu'on l'attache au poteau de justice :

« Donnez-lui vingt coups de fouet, elle nous dira qui était le voleur ! »

La statue demeurait silencieuse. Le préfet s'écria :

« Qu'on lui administre cent coups de fouet ! On verra bien si elle s'obstine à garder le silence ! »

Dans la foule, les premiers rangs s'agitèrent.

« Notre préfet est devenu fou ! » disaient les habitants, et les rires fusèrent.

La mangdusok se taisait toujours. Pas un tressaillement, pas un battement de paupière sur les yeux de pierre. Le préfet, rouge de colère, s'exclama :

« Donnez-lui cent coups de bâton ! »

Et le fouet sifflait, et le bâton frappait de plus en plus fort, sans autre résultat que l'impassibilité et le silence. Quelques insolents s'enhardirent à brocarder Son Excellence, monseigneur le gouverneur :

« Il a perdu l'esprit !

– Frappe tant que tu voudras, qui peut faire parler une statue de pierre ?

– Hou ! ce préfet est un dément, ou il est ivre ! »

Et les rires d'éclater de plus belle.

Alors, Son Excellence tourna vers la foule des yeux sévères :

« Holà, gardes ! dit-il, que l'on saisisse sur-le-champ les rieurs, les insolents, les rebelles qui osent se moquer de leur seigneur, et qu'on les jette dans un cul-de-basse-fosse ! »

Ensuite il se tourna vers le marchand de soie, et l'assura :

« Mon ami, ne crains rien, tu retrouveras ton bien. »

Le lendemain, le préfet fit ouvrir la prison, et ordonna que l'on amenât devant lui les dix impertinents arrêtés la veille. Ceux-ci avaient eu le temps de réfléchir à leur sort, et ils avancèrent en tremblant.

« Vous méritez la mort, dit le préfet, vous avez perturbé le bon déroulement d'une cour de justice, et bafoué votre seigneur ! »

Les dix prisonniers se jetèrent aux genoux du préfet en implorant sa pitié.

« Je veux bien vous faire grâce, dit le gouverneur, à une condition.

– Nous ferons tout ce que vous ordonnerez, firent-ils d'une seule voix.

– Vous vous présenterez ici dans trois jours avec un rouleau de belle soie ! »

Au jour dit, le préfet fit appeler le marchand :

« Reconnaîtrais-tu la soie que l'on t'a volée ?

– Oui, seigneur !

– Faites entrer les dix prisonniers ! » commanda le gouverneur.

Ils avancèrent le front baissé, chacun tenant entre ses bras, en un geste d'offrande, un rouleau de belle soie, blanche, verte, dorée…

« C'est mon bien, c'est ma soie ! » s'écria le marchand.

Une enquête permit de confondre un certain Tchou, riche commerçant dans la ville voisine, qui avait fait dérober la soie par un serviteur. Il l'avait vendue sans scrupule aux dix notables arrêtés par le préfet. Il fut puni pour son crime, selon les rigueurs de la loi.

Derrière sa croisée, le gouverneur regarde s'éloigner le marchand de soie. Il perçoit longtemps l'écho de son chant :

« Je suis le marchand de soie,
qui vient de Chine.
Mes étoffes ont belle mine
Dans ma hotte de bois.
J'ai des rouleaux pour les parents
J'en ai pour les enfants.
De la soie, verte, blanche ou dorée.
Pour vingt brassées, je fais un rabais.
Achetez, achetez-en
Vous serez tous contents !
Je suis le marchand de soie
Qui vient de Chine
Mes étoffes ont belle mine
Dans ma hotte de bois
Trala, lala, lala, lala… »

*

Jour après jour, d'instant en instant, nous habitons la vérité, la lumière, la liberté. Notre vie est tissée dans la robe sans couture du présent.

« J'enseigne l'éternité », disait le Bouddha.

*

« Où vas-tu, marchand de soie ?
– J'y suis déjà ! »

La tsampa

Conte humoristique d'origine tibétaine

À base d'orge grillée, la *tsampa* est le plat traditionnel des Tibétains. L'orge réduite en farine, mêlée parfois de blé ou de pois, est détrempée, pétrie dans un thé beurré et salé. La tsampa sert à tout, en tout lieu. Le moine errant la mange dans son bol de bois, à la façon de Gargantua « qui se peignoit du peigne de Almain. C'estoit, précise le malicieux Rabelais, des quatre doigtz et le poulce[35] ». Ainsi le moine seul face aux montagnes enneigées utilise la cuiller de « Almain », il mange avec ses doigts.

Ces indications étaient peut-être utiles, au moins pour sourire, et mieux goûter le conte qui vient.

*

Il était une fois de pauvres gens dont la masure côtoyait la belle demeure d'un riche propriétaire. Cette année-là, l'hiver était rude. Agabunda ne parvenait plus à nourrir les siens. Le voisin recelait dans ses greniers des montagnes d'orge. Lui demander l'aumône, implorer sa pitié ? Démarches vaines. Le voisin ne donnait qu'à ceux qui pouvaient lui rendre. Il n'accorderait rien à un misérable. Alors, un soir, Agabunda, désespéré, eut une idée. Il alluma un grand feu dans sa cour, un feu somptueux, qui brillait dans la nuit. Le riche voisin intrigué, s'approcha :

« Hum ! Agabunda, veuille me pardonner si je suis indiscret, mais que fais-tu brûler ainsi ?

– Oh, répondit négligemment l'interpellé, un cousin qui rentrait aujourd'hui de la capitale m'apprend qu'en raison de l'hiver rigoureux la tsampa atteint en ce moment des prix incroyables. Je fais cuire quelques kilos d'orge, et j'irai les vendre à Lhassa ! »

Le riche propriétaire revint chez lui tout songeur. Il décida de griller une belle quantité d'orge, et de profiter lui aussi de l'aubaine.

Quelques jours plus tard, Agabunda et son voisin prenaient la route de la capitale. Ils avaient résolu de voyager ensemble. S'ils étaient attaqués en chemin, se disait le riche propriétaire, Agabunda, placé en tête du convoi, recevrait les premiers coups. Sur son âne, Agabunda avait disposé trois sacs emplis à ras bord de feuilles mortes. Le yack du riche propriétaire portait sur son dos trois gros sacs gonflés de bonne farine d'orge grillée.

En chemin, la nuit tomba. Ils dormirent dans un petit temple abandonné. L'endroit était misérable. Il ne restait dans un coin qu'une statue en bois de Bouddha, dont le nez était rongé par l'humidité. Un peu avant l'aube, Agabunda se leva sans bruit. Il sortit les feuilles mortes de ses sacs et les donna à manger à son âne. Ensuite, il remplit ses sacs avec l'orge grillée de son compagnon. Enfin, il déposa les sacs vides d'icelui sur les bras du Bouddha, en prenant soin de lui barbouiller la bouche et le visage de bonne farine.

Le matin, quand il s'éveilla, le riche propriétaire constata le désastre. Il poussa des cris abominables :

« Au voleur ! Au voleur ! Ma bonne tsampa ! »

Imperturbable, Agabunda montra du doigt le Bouddha, la bouche encore barbouillée d'orge grillée.

« Shakyamuni, l'Éveillé, devait avoir très faim, dit-il avec conviction, pendant la nuit, il a dévoré toute votre tsampa, il s'en est fallu d'un cheveu qu'il ne s'attaque à la mienne ! Mais je ne veux pas vous laisser ainsi, partageons ! »

Il donna un sac et la moitié d'un autre au riche propriétaire, qui accepta avec un sourire contraint et ne parla plus tout le reste du chemin.

*

Que le riche prenne garde, dit le sage, s'il refuse de donner un peu de tsampa à son voisin, Bouddha la lui dérobera et la mangera.

La princesse et le mendiant

Conte d'origine tibétaine

Nous vivons à la surface des êtres et des choses. Nous tenons notre rôle dans la pantomime, détournant la tête pour ne pas voir la mort qui rôde, qui guette dans l'ombre. Jamais tout à fait en sécurité malgré nos jouets d'adulte, nos occupations, allant d'attentes vaines en courtes satiétés… aux plaisirs dérisoires.

Mais un jour viendra…

C'est là notre espérance, où notre petite vie se fondra dans la grande Vie. Nous entrerons au pays d'Absolu. Nous effectuerons le saut inconcevable. Nous nous découvrirons immortels. Le Zen nous fait accéder concrètement à cette réalité intérieure. Il nous aide à rencontrer le « Dieu caché » dont parlent les Écritures, l'Infini en nous. Le Zen en toute chose perçoit la lumière qui est enclose. Ainsi la gracieuse princesse du conte tibétain, qui reconnut l'amour dans un visage noir de crasse, et le prince charmant sous les guenilles du mendiant.

*

Il était une fois au cœur du Tibet un royaume petit, tout petit. Minuscule. Le roi Ten-Sing avait une épouse aussi douce que la soie, et trois filles aussi belles que le jour en son éclat. Les princesses allaient chacune leur tour puiser de l'eau dans la Source d'argent, située non loin du palais.

Ce matin-là, Feuille d'or, l'aînée des princesses, mit sa longue robe tissée d'or, ceignit une parure de diamants, plaça sur son dos une jarre d'or, et prit dans sa main droite une louche d'or. En s'approchant de la source, elle aperçut un mendiant, un loqueteux, au visage noir et sale, couché au bord de l'eau. Elle s'écria :

« Misérable, comment oses-tu souiller de ta présence la source sacrée !

– Ô merveilleuse jeune fille qui brille comme l'or ! J'ai escaladé quatre-vingt-dix-neuf montagnes, marché longtemps dans la neige et le froid et sous le soleil brûlant des déserts pour rencontrer les trois princesses les plus belles de la terre. Est-ce ici leur royaume ?

– Sale pouilleux ! Peux-tu cueillir les étoiles dans le ciel ? ironisa la princesse. Va-t'en avant que je ne te fasse chasser par les gardes de mon père ! »

Le mendiant se retira en baissant tristement la tête.

Le lendemain, la deuxième princesse, Feuille de jade, revêtit sa longue robe de soie bleue, mit un collier de turquoises, plaça sur son dos une jarre de jade bleu, et accrocha une louche d'émeraude à sa ceinture. Ainsi parée, elle alla à son tour puiser de l'eau à la source. Elle rencontra le mendiant couché sur le perron de cristal.

« Ooooh ! s'écria-t-elle, et elle plissa son joli nez en une moue de mépris et de dégoût. Que fait ici ce gueux couvert de vermine ? !

– Pitié ! radieuse jeune fille, j'ai entendu parler du

royaume de Nawabodeng, où vivent trois princesses belles comme le jour en son éclat. Je suis venu de mon lointain pays dans l'espoir de les rencontrer. J'ai franchi quatre-vingt-dix-neuf montagnes, cent et trois torrents, souffert la faim, le froid…

– Comment oses-tu me parler, misérable ! l'interrompit brutalement la princesse de jade. Peux-tu te tailler un vêtement dans les nuages, pêcher la lune dans l'eau pour t'en faire un miroir ? Va-t'en, avant que je ne te fasse jeter en prison par les gardes de mon père ! »

Le malheureux se retira, tête basse.

Le troisième jour, la benjamine, la princesse Feuille de nacre, s'habilla pour aller remplir son devoir à la source. Elle enfila une longue robe blanche, mit un collier de perles, plaça sur son dos une jarre en littorine[36], et prit dans sa main une louche en coquillages. Quand elle aperçut le mendiant au visage noir, aux vêtements en lambeaux, couché près de la Source d'argent, elle murmura :

« Jeune homme pauvrement vêtu, êtes-vous malade, avez-vous combattu quelque monstre, êtes-vous blessé ? Puis-je vous aider ? »

Le mendiant, en entendant ces douces paroles, sentit une eau fraîche couler délicieusement sur son cœur. Il regarda la jeune fille. Elle ressemblait à une fée. Ses yeux brillaient comme des diamants, sa taille avait la souplesse du bambou, ses cheveux noirs se répandaient sur ses épaules comme les eaux du fleuve Jiqu sur les plaines fertiles, et son visage, qui avait la pureté du lotus blanc, révélait la bonté de son cœur.

« Noble dame, dit-il, je suis originaire du royaume de Sewacang, j'ai perdu mes parents en ma jeunesse, et un oracle m'a ordonné de chercher le royaume où vivent trois princesses, aussi belles que le jour en son éclat. J'ai parcouru un long chemin, traversé mille dangers. Je suis fatigué, mes pieds sont froids, mes jambes lourdes comme la pierre. Pourrais-je trouver dans la maison de votre père un emploi de valet ou de palefrenier ? »

La princesse Feuille de nacre fut touchée par les façons courtoises du jeune homme. Elle lui révéla qu'elle était l'une des trois princesses, et qu'elle plaiderait en sa faveur auprès du roi son père.

« Ma fille, dit le roi, j'ai déjà trois mille deux cents palefreniers, pourquoi voulez-vous que j'engage un mendiant inconnu, sale et déguenillé ? »

La jeune et douce princesse se jeta aux pieds du roi, se frappa le front contre le sol par trois fois, et le supplia ainsi :

« Père vénéré, j'ai quinze ans déjà, et je ne vous ai jamais rien demandé, accueillez, je vous en prie, ce jeune homme sans feu ni lieu ! »

À ce moment, la reine Yiqicaixin, dont le caractère était souple comme la soie, intervint avec douceur :

« Ô mon noble époux, dit-elle, Feuille de nacre est la plus obéissante de nos trois filles, accordez-lui ce qu'elle vous demande, pour l'amour de moi. »

Le mendiant au visage noir devint palefrenier du roi.

Le temps passa. Le nouveau palefrenier s'acquittait admirablement de sa tâche. Il réussit, en jouant de la flûte, à apprivoiser un étalon noir que chacun craignait. Un jour de terrible tempête, il sauva dans la montagne les chevaux sauvages, qui galopaient derrière lui aussi dociles que les eaux du fleuve Yarlugzanbo. La princesse Feuille de nacre allait souvent le voir. Elle lui apportait des gâteaux d'orge, et l'aidait à préparer son thé. Entre eux, une profonde amitié se nouait.

Les princesses Feuille d'or et Feuille de jade avaient remarqué le manège de leur sœur. Elles étaient indignées :

« Se lier d'amitié avec un palefrenier au visage noir, quelle honte pour notre famille, disait Feuille d'or.

– Notre sœur a toujours eu un caractère vil, qui la rend proche des misérables et des valets, approuva Feuille de jade. Allons trouver notre père, afin qu'il mette fin à ce scandale ! »

Quand le roi Ten-Sing apprit l'inconduite de la plus jeune de ses filles, il entra en fureur :

« Puisque tu aimes le mendiant au visage noir, je t'enfermerai avec les autres esclaves. Sache que je t'autoriserai à te marier avec ce va-nu-pieds quand les chevaux auront des cornes, et les poules des dents !

– Père, dit avec fermeté Feuille de nacre, depuis le commencement du monde la cascade tombe de haut en bas, le pois pousse dans sa cosse, et les plumes du paon mâle sont bleues sans que nul ne les ait peintes. J'aime le mendiant, sans que nul ne nous ait liés. »

Alors, comme le roi son père demeurait inflexible, la douce princesse quitta sa longue robe de soie blanche, sa ceinture de soie bleue, ôta son collier de perles. Elle revêtit une tunique usée, noua autour de sa taille une corde en peau de yack et se munit d'un chapelet d'os. Puis elle rejoignit les esclaves dans les communs du palais.

La reine Yiqicaixin, douce comme la soie, n'avait pu s'opposer aux décisions de son époux. Mais son cœur saignait en secret. Un soir, elle se rendit en cachette dans les écuries. Elle apportait sa cassette de bijoux, qu'elle donna au jeune couple.

« Mes enfants, dit-elle, je ne peux vous offrir que

cette pauvre bague d'argent, et ce collier de perles fines. Prenez-les. »

Et, se tournant vers le mendiant au visage noir, elle ajouta :

« Emmenez ma fille dans votre pays, mariez-vous, soyez ensemble comme le beurre et le thé. Je vous bénis. »

Le mendiant se jeta aux pieds de la reine, lui promit de veiller sur la princesse Feuille de nacre. Cette même nuit, les deux amants partirent sur les routes.

Ils voyagèrent trente jours et trente nuits, dormant dans des grottes, demandant un peu de nourriture sur les chemins. Enfin, ils parvinrent au royaume de Sewacang. Feuille de nacre, peu accoutumée à cette vie rude, était épuisée. Le mendiant au visage noir lui dit :

« Ô ma bien-aimée, je vais partir en éclaireur annoncer notre arrivée à ma sœur, suivez le chemin tracé par mon bâton !

– Ô mon bien-aimé, dit la princesse, je n'ai plus que vous en ce monde, ne m'abandonnez pas !

– Vous m'êtes plus précieuse que mes yeux, que mon poids en or, ayez confiance, et suivez le chemin tracé par mon bâton. »

Feuille de nacre poursuivit seule son chemin. Elle questionnait les paysans, les bergers :

« Avez-vous vu le mendiant au visage noir, avec un bâton à la main ? »

Chacun lui répondait avec gentillesse et courtoisie, un vieil homme lui offrit un peu de vin dans un bol aux rebords d'argent, et lui dit :

« Vous voyez dans la vallée où coule le fleuve Jiqu, notre capitale, et à l'horizon le palais royal ! Notre prince, qui était parti en voyage depuis trois ans, vient de rentrer, et ce sont de grandes réjouissances dans tout le pays !

– Est-ce la direction qu'a prise le mendiant au visage noir ?

– Oui, répondit le vieil homme. Nous l'avons vu passer hier soir. »

Le palais royal de Sewacang, entre la montagne et le fleuve, étalait sa magnificence. Il ruisselait des toits jusqu'au bas des murailles d'or et de pierres précieuses. Aux alentours, vaches, moutons et chevaux étaient tous en fête. Et même les paons bleus, les grives, les coucous, chantaient, dansaient de joie. La princesse s'étonna.

« Notre glorieux prince est revenu ! et tout le royaume est en liesse », lui dirent les passants.

La princesse, suivant toujours le chemin du bâton, parvint à la porte du palais. Elle frappa :

« Que demandez-vous ? dirent les gardes.

– Le mendiant au visage noir, car c'est ici que m'a conduite le chemin du bâton.

– Entrez, princesse Feuille de nacre », répondirent les gardes en s'inclinant.

La timide princesse, étonnée de cet accueil, pénétra dans la cour du palais.

Huit serviteurs vêtus de lin blanc l'attendaient, qui la conduisirent à travers les couloirs, jusqu'à la grande salle des lumières, et là elle aperçut une femme d'une grande beauté.

« Je suis la princesse Guisangwangumu, qui règne sur ce royaume, bienvenue à toi, ma chère sœur Feuille de nacre, et voici mon frère : le prince Gangsondundan. »

Feuille de nacre poussa un cri. Soulevant une tenture, apparut le mendiant au visage noir. Il s'avança, se lava trois fois la figure dans une cuvette d'argent emplie de lait. Alors son visage rayonna comme le soleil levant. Et il était si beau, si superbe, que la princesse Feuille de nacre en resta figée de stupeur, d'émerveillement et d'amour.

Ils se marièrent, ils eurent beaucoup d'enfants et ils furent heureux longtemps, longtemps.

L'humble moine

Le sûtra du Lotus relate l'histoire de l'humble moine. Celui-ci n'avait ni dons ni charisme, il était appliqué, scrupuleux, il récitait les sûtras sans en omettre un seul. Mais il n'était pas très intelligent, il ne brillait pas dans les controverses rituelles qui animaient ses frères à propos des koans. Il se tenait à sa place, la dernière, vaquait aux soins ménagers, balayait, coupait du bois, se rendait utile. Tous l'aimaient bien. Il n'avait qu'une manie un peu agaçante. Chaque fois qu'il croisait quelqu'un, il faisait *gassho*, cette salutation où l'on joint les mains à hauteur du visage, en signe de profond respect. Passe encore de faire gassho au maître du Zen responsable du monastère, aux anciens que chacun révérait, mais il faisait gassho aux novices, aux valets, aux paysans rencontrés, aux enfants, aux mendiants, aux vagabonds, à n'importe qui, tout juste s'il ne faisait pas gassho à l'âne du couvent !

Il était en voyage pour le service du monastère quand des bandits le capturèrent :

« Moine ! Donne-nous ta bourse, ou l'on te tranche le cou !

– Seigneur, répondit l'humble moine, je n'ai sur moi

qu'une lettre, que je dois remettre au couvent d'Edo, et il fit gassho aux brigands, en s'inclinant jusqu'à terre.

– Pourquoi nous fais-tu gassho, s'exclama le chef des brigands décontenancé, te moquerais-tu de nous ?

– Oh non, seigneur, fit le moine d'un ton pénétré. C'est que vous êtes de grands Bouddhas… »

Les malandrins lui administrèrent une volée de coups de bâton en lui criant :

« Tiens et tiens ! Voilà qui t'apprendra à rire des gens ! »

Mais ils lui laissèrent la vie sauve. L'humble moine s'enfuit, et tout en courant il répétait encore :

« Je dois vous respecter, car vous pouvez devenir de grands Bouddhas ! »

Tout homme manifeste l'Infini. Chaque goutte d'eau contient l'océan.

La grande bataille

Conte d'origine indienne

Le front orné d'un diamant bleu, Youddichtira passe en revue son armée. Un serviteur tient au-dessus de la tête du roi un parasol blanc. Il y a là sept régiments. Chacun compte : cent mille fantassins, soixante-cinq mille cavaliers, vingt mille chars, et vingt mille éléphants caparaçonnés de métal hérissé de piquants [37].

Sept régiments qui se déploient dans la plaine. À l'arrière, à l'ombre propice d'un petit bois, on a installé les tentes d'apparat destinées au roi, aux quatre princes ses frères, aux temples, aux autels, et aux dieux. Sous des abris de fortune s'entassent les vivres. Le riz pour les hommes, le fourrage pour les animaux. À l'écart, les tentes où sont entreposés les armures, les cuirasses, les cottes de mailles, des milliers de flèches, dont les volées obscurciront le ciel, les arcs et les carquois. Des ouvriers habiles sont logés à proximité pour maintenir en état cet arsenal. Disséminés parmi les troupes, les médecins se tiennent prêts à soigner, panser, recoudre les plaies, trancher les membres déchiquetés. De l'autre côté d'un fossé profond, l'armée ennemie. Le soleil de l'aube fait étinceler les armures, les lances, les haches de guerre. Neuf régiments, composés chacun de cent mille fantassins, soixante-dix mille cavaliers, trente mille chars, et trente mille éléphants en armure de fer. À la tête de cette formidable armée, le généralissime Bishmä, le vieux, l'illustre Bishmä, que l'on redoute dans l'Inde entière tellement il a remporté de victoires, grâce à sa vaillance, à son habileté guerrière.

Les dieux contemplent la scène. Le brouhaha de mille voix, les cris, les piétinements des animaux montent vers eux. Ils voient l'étincellement des armures, l'éclair des lances heurtant les boucliers. Ils savent que se prépare la plus grande bataille de tous les temps, et ils sont saisis d'effroi. Mais nul ne peut plus arrêter le destin. Le sort de l'Inde va se jouer dans ce combat. Soudain, alors que le soleil monte à l'horizon, un grand silence, de proche en proche, envahit l'immense plaine.

Le roi Youddichtira a levé son étendard, voici qu'il s'avance sous son parasol blanc, suivi de ses quatre frères, les princes. Que veulent les Pândouïdes[38] ? Chacun retient son souffle. La délégation arrive devant l'armée ennemie. Le généralissime Bishmä vient à sa rencontre. Ils conversent par le truchement de hérauts, qui courent de l'un à l'autre. Le roi fait-il une offre de paix ? Le vaillant généralissime la repousse-t-il avec mépris ? Les deux immenses armées sont suspendues à leurs gestes. On dirait que les chevaux ont cessé de hennir, les éléphants de barrir, et dans le ciel les oiseaux se sont tus.

Youddichtira et ses frères ont passé, selon la coutume, le temps de leur adolescence dans une cour étrangère, celle du vieux roi aveugle Dhitarachtra, dont Bishmä est le généralissime. Comment oublier ces années d'apprentissage, et les maîtres qu'ils ont aimés ?

« Ô généralissime, dit le jeune roi, avant que le combat ne commence, nous voulons saluer avec respect ceux qui ont veillé sur notre enfance, et nous ont montré la voie du *Dyana*[39].

– Si vos intentions sont pures, déposez vos armes, laissez ici vos hommes de guerre, et venez seuls à pied, jusqu'aux tentes de vos anciens précepteurs.

– N'écoute pas, ô roi, cette proposition insultante ! s'indigne le plus jeune des princes. Allons nous battre !

– Mon frère le roi, dit à son tour le plus âgé des princes, nous ne pouvons ainsi nous rendre à merci. La bataille serait perdue avant qu'elle ne commence ! »

Mais le roi Youddichtira s'est incliné devant Bishmä :

« Qu'il soit fait comme tu as dit, acquiesce-t-il, nous avons confiance en ton honneur de soldat. »

Sous la tente des hommes sages, qui leur ont enseigné tout ce qu'ils savent des dieux et des hommes, ils ont pénétré, les cinq Pândouïdes. Les mains jointes devant leur visage, ils se sont inclinés. Ils sont au milieu de l'armée ennemie, sans gardes, sans serviteurs, sans lances ni boucliers.

« Roi Youddichtira, dit le plus âgé des précepteurs en relevant amicalement son ancien élève, nous saluons ta démarche et celle de tes frères. Nous savions la noblesse de vos cœurs. La délicatesse de votre attitude nous touche. L'enseignement que nous vous avons donné n'a pas été vain. »

Les cinq frères se taisent. Leurs yeux sont embués au souvenir de leur enfance, et de l'affection qu'ils vouèrent à ces hommes respectables.

« Tout à l'heure, poursuit le plus âgé de leurs anciens maîtres, la bataille va commencer, et nous lutterons de toutes nos forces contre vous, et vous agirez de même. Mais sachez que nous ne cesserons de vous tenir en haute estime, et de vous aimer. »

Le frère aîné

En ce temps-là, le Bodhisattva naquit dans une famille de riches marchands. Il avait un frère aîné qui gérait la fortune familiale et détenait le pouvoir. Ce frère aîné tomba gravement malade et mourut. Épouses et concubines, parents, enfants, serviteurs, servantes, toute la maisonnée se répandit en pleurs et en gémissements :

« Oh quel malheur ! Oh quelle injustice sans pareille ! Notre époux, notre père, notre maître est mort, alors qu'il était dans la force de l'âge ! Qui peut concevoir pareille infortune... »

Seul le Bodhisattva gardait l'œil sec, et demeurait calme.

Voyant cela, une concubine s'écria :

« Notre époux, notre maître bien-aimé est mort, et son propre frère ne pleure pas. C'est sans doute qu'il se réjouit d'hériter de la fortune, et de gérer à son tour le bien familial ! »

Alors le Bodhisattva parla ainsi :

« Ne saviez-vous pas que toutes les créatures sont mortelles ? Celles qui ont quatre pattes, et les oiseaux, et les serpents, et les hommes, et même les anges. Tout ce qui vit meurt. C'est la loi naturelle. Vous ne trouverez nulle part en ce monde ni sécurité ni permanence. Mais le Zen donne à toute chose une saveur d'éternel. »

Chacun médita ces paroles, et fut réconforté. Ils cessèrent de pleurer et de se lamenter. Ainsi a-t-il été rapporté.

Une tasse de thé

Il était une fois une jeune fille de haute naissance, merveilleusement belle. Son père resté veuf l'élevait selon son rang. Elle ne quittait jamais les jardins du palais. Elle étudiait le dessin, la peinture, la poésie, l'art des bouquets, pratiquait la musique, où elle excellait. Son cœur était neuf, et son âme sensible. Parfois, au fil de ses rêves, elle contemplait par sa croisée la rivière, en contrebas, qui baignait le vaste domaine.

On songe aux vers du poète :

[...] une dame à sa haute fenêtre
Blonde aux yeux noirs en ses habits anciens
Que, dans une autre existence peut-être,
J'ai déjà vue... et dont je me souviens[40] *!*

L'héroïne de ce conte n'est pas une blonde châtelaine du Moyen Âge, mais une princesse vietnamienne de temps plus anciens. Les âmes romanesques, semblables et différentes, sont comme les roses au jardin.

Un soir d'été, My-Nuong, accoudée à la haute croisée, entendit un chant merveilleux, une voix d'homme ample et puissante et dans le même temps si juste, si harmonieuse, que son cœur fut touché. Elle aperçut dans le lointain un batelier, qui maniait sa gaffe sur la rivière. Le chant lui parvenait maintenant si pur, si musical, si éblouissant, qu'elle frissonna jusqu'aux os. Jour après jour, elle prit l'habitude, quand le soir tombait, d'écouter la voix du pêcheur. Son cœur de jeune fille sage s'enflamma. Quand l'automne vint, le pêcheur s'en alla. Alors My-Nuong s'alita. Elle maigrissait, perdait sa beauté, s'éteignait comme une chandelle. Son père désespéré appela à son chevet les médecins les plus réputés du royaume. En vain. La belle princesse doucement se mourait. Un soir, au commencement de l'hiver, la voix fut de retour. La jeune fille, réunissant ses dernières forces, se traîna jusqu'à la croisée. Le pêcheur était sur la rivière, ramassant ses filets. My-Nuong l'écouta avec ravissement. Il revint tous les jours. Elle recouvra progressivement la santé. Mais fin janvier, la voix se tut à nouveau. Le pêcheur était parti vers d'autres cieux.

Alors My-Nuong tomba malade. Elle refusait de s'alimenter. Elle ne s'intéressait plus à la peinture, ni à la poésie, ni à l'art des bouquets, ni même à la musique, où elle excellait. Son père, à force d'obstination et de prières, lui arracha son secret. Le seigneur aimait son unique enfant, il fit taire ses préjugés. Il ordonna que l'on cherche dans tout le royaume le pêcheur à la voix merveilleuse. On le trouva. L'homme se nommait Truong-Chi. Il était âgé, d'une laideur repoussante. Ses mains étaient abîmées par le rude travail quotidien, son dos voûté, son visage ridé, brûlé par le soleil, était presque difforme. Quand My-Nuong le vit, elle fut effrayée. Son amour s'éteignit comme une bougie que l'on souffle. Le chant lui parut moins exaltant. Elle reprit une vie normale, un peu plus triste, mais calme, paisible. Le pêcheur, à quelque temps de là, mourut. Peu après, les gens du village découvrirent dans la rivière une boule de jade qui émettait un son très pur quand on la tenait dans ses mains. Ils l'apportèrent au seigneur. Celui-ci la fit tailler en forme de tasse de thé. Il offrit ce cadeau à sa fille à l'occasion de son dix-huitième anniversaire. Un après-midi, la princesse My-Nuong buvait son thé, et son âme romanesque s'envolait au-delà des murs du palais, quand il lui sembla apercevoir, au fond de sa tasse, la barque et le pêcheur. Elle crut entendre une voix d'homme ample et puissante, et dans le même temps si juste, si harmonieuse, que son cœur fut touché. Elle comprit alors que ce n'était pas le pêcheur qu'elle avait aimé, mais l'infini de ses rêves. Tout est musique, quand le cœur est prêt.

Les « dits[41] *» de maître Ryōkan*

J'ai déjà évoqué la figure de Yamamoto Eizo, dit Ryōkan (le bon, le magnanime). J'ai pour ce moine zen une tendresse singulière. Il fait songer à saint François d'Assise. Il est innocent. Grand, maigre, le teint pâle, doux et pur ; ses gestes sont lents, amples, aisés. Quand il récite les sûtras, sa voix sonne si juste, si clair, qu'elle atteint l'« oreille intérieure » de ceux qui l'écoutent. Son visage reflète une bonté, une patience infinies. Il sourit en toute occasion. Libre et joyeux... comme tous les saints. Il habite une pauvre cabane de branchages. Il compose des poèmes. Il partage avec son hôte la poudre de blé mélangée d'eau chaude qui constitue son ordinaire. Parfois, il joue avec les enfants, ou va danser aux fêtes de village. Il aurait pu prêcher avec talent, il se tait, et passe pour un sot. Mais sa présence ajoute un peu au monde. Il éveille la « nature de Bouddha » qui sommeille en chacun de nous.

Premier « dit »

Un beau soir d'été, maître Ryōkan se promène dans la campagne, le nez en l'air, les yeux dans les étoiles. Il s'arrête dans un champ pour contempler à loisir la lune ronde. Son esprit innocent et pur habite les « quatre demeures divines », qui sont, d'après la tradition bouddhiste :

La bonté aimante,
La compassion,
La joie,
L'équanimité.

Il rêve et s'assoit sans y prendre garde au milieu d'un champ de pommes de terre. Or, le propriétaire du champ, un homme coléreux et vindicatif, qui a été victime de vols répétés, passe justement par là. Il aperçoit un individu dans la pénombre, à moitié accroupi. La fureur l'aveugle, il se précipite, le bâton haut :

« Je te prends sur le fait, canaille, voleur ! Cette fois, tu ne m'échapperas pas… ! »

*

J'introduis ici une parenthèse. Il y a fort longtemps, j'apprenais alors le hatha-yoga, je me promenais un beau soir d'été dans la campagne toulousaine. Je m'arrêtai dans un champ, la nuit tombait, l'endroit était désert. Je commençai à exécuter la « salutation au soleil », que l'on venait de m'enscigner le jour même. Je m'appliquais. Cette figure yogique, difficile pour un débutant, comporte un mouvement lent, que l'on effectue en projetant ses deux bras en avant, en les inclinant progressivement jusqu'au sol. À ce moment, un tracteur pétaradant fonce sur moi. À la clarté indécise de la lune, j'entrevois, juché sur le siège, un paysan : casquette, front bas, sourcils broussailleux. Il m'apostrophe rudement :

« Qu'est-ce que tu fais là, toi ?

– Eh bien…, dis-je, décontenancé, je fais de la gymnastique…

– De la gymnastique…, répète-t-il, méfiant.

– Enfin… pas exactement, c'est du hatha-yoga.

– Tu te fous de moi ?

– Pas du tout ! » assuré-je, inquiet, et ne sachant comment sortir de ce mauvais pas.

Il me regarde du haut de son tracteur, imposant, menaçant. Soudain, il grommelle entre haut et bas :

« Je sais bien ce que tu fais !

– Ce que je fais ? questionné-je, ahuri par le tour absurde que prend notre conversation.

– OUI ! Tu jettes un sort à mes vaches ! »

Je rompis le dialogue et m'enfuis en voiture, avant que l'on ne me brûle comme sorcier…

Mais revenons à Ryōkan, que j'ai laissé dans son champ de pommes de terre, face au propriétaire irascible.

*

« Je vais te faire goûter de mon bâton, voleur ! »

Il se met à rouer de coups le pauvre Ryōkan. Ce dernier, stupéfait, ne dit mot, ne laisse échapper aucune plainte. À ce moment, tout essoufflé, un voisin arrive :

« Arrêtez, malheureux, c'est le moine Ryōkan que vous frappez ! »

Le propriétaire, qui connaît de réputation le saint moine, est tout confus. Il présente d'humbles excuses. Ryōkan sourit, et sous la clarté bienveillante de la lune, la légende rapporte qu'il composa ce poème :

Il y a ceux qui frappent ;
Et ceux qui sont battus.
Ils se ressemblent.
Ce sont des gouttes de rosée,
Qui s'évaporent ensemble
Au soleil de l'éternité.

Deuxième « dit »

En ce temps-là, Ryōkan demeurait au pays de Tosa, dans la grande île de Shikohu, où se trouve le célèbre temple d'Entsu. Le saint participait au repiquage de plants de riz en compagnie d'autres moines.

Or, l'un deux jalousait Ryōkan :

« Je suis un grand maître de Zen, prétendait-il. Je m'appelle Chikaï, et l'on entendra parler de moi ! Celui-là, ajoutait-il avec dédain en montrant Ryōkan, n'est qu'un pauvre idiot, qui sourit toujours sans même savoir pourquoi… »

Et il reniflait de mépris.

Tous le connaissaient, et nul ne répondait. La journée s'avançait. La chaleur était accablante. Chikaï buvait sournoisement de l'alcool à sa gourde, et devenait de plus en plus vindicatif. Soudain, il se jeta sur Ryōkan, et le frappa brutalement avec sa ceinture. Les moines, d'abord stupéfaits, maîtrisèrent l'ivrogne. Ils conduisirent le saint homme dans une salle fraîche du monastère. À ce moment, l'orage, qui avait menacé toute la journée, éclata, suivi d'une pluie torrentielle. On annonça au maître que l'on avait chassé le moine fou. Ryōkan se taisait. Chacun attendait respectueusement. Il murmura enfin, d'une voix douce :

« J'espère qu'il avait des vêtements de pluie… »

Parmi les papiers – notes, poèmes – que l'on recueillit après la mort de Ryōkan, on trouva ce fragment, qui se rapporte peut-être à cet incident :

« ... il se laisse bousculer par les gens. Il laisse les gens le mépriser ou rire de lui. Mais tout cela ne trouble guère le fond de son cœur. »

Troisième « dit »

Un certain Manjo croise le moine Ryōkan, vers les années 1810...

« Je traversais le pays de Tosu. Un soir, je fus surpris par la pluie. Je cherchai un abri. J'avisai un petit ermitage assez misérable. J'y entrai presque de force. Je vis un moine d'une cinquantaine d'années, grand et maigre au teint blême. Il m'avertit qu'il n'avait pas grand-chose à manger, et que le vent jouait à travers les cloisons. Je n'avais guère le choix. Je m'allongeai près du foyer creusé dans le plancher. Au matin, je constatai que cet ermitage, une cabane de branchages au toit de chaume, ne disposait d'aucun meuble, ni objet. Seulement une petite statue en bois du Bouddha. Mon hôte ne faisait pas zazen, ne récitait pas les sûtras. Il souriait continuellement. Je jugeai que c'était un simple d'esprit. Au milieu de la matinée, il m'offrit de la poudre de blé et de l'eau chaude. La pluie tombait toujours. Je le priai de m'héberger encore une journée. Il accepta. Il ne parlait pas, il écrivait, et il souriait. Je vis qu'il composait des sortes de poèmes en chinois. La calligraphie était assez belle. Le soir venu, il me donna de la poudre de blé mélangée avec de l'eau chaude. Nous passâmes une seconde nuit autour du foyer. Le lendemain, le soleil brillait. Je voulus remercier mon hôte en lui offrant quelques pièces de monnaie. Il refusa. Il accepta cependant des *tanazaku*[42]. Ainsi fut la rencontre, que je fis au temps de ma jeunesse, avec le célèbre poète et moine zen Ryōkan. »

J'habite un ermitage à toit de chaume
Je porte continuellement une robe de toile grossière.
Je fais toujours zazen, sans rien dire
Je laisse les gens me nommer : idiot et sot.

*

À qui réciterais-je ce poème
À quel homme éveillé
Dans la voie bouddhique[43] ?

Quatrième « dit »

Un matin, Ryōkan mendiait, son bol à la main, quand il pénétra par hasard dans une maison où régnait la discorde. Le maître houspillait sans cesse les serviteurs, qui à leur tour grondaient contre lui. Mari et femme passaient leur temps en querelles. Les enfants provoquaient leurs parents, qui les punissaient. Bref, l'atmosphère était à l'aigreur et à la haine. Ryōkan, dérogeant à ses habitudes demanda l'hospitalité. On lui accorda un coin de plancher. Il demeura dans cette maison plusieurs jours.

Il ne pratiquait pas ostensiblement zazen, il ne faisait pas de prêches, il ne récitait pas les sûtras. Il attisait le feu, ou s'occupait à quelque besogne. Il était là, souriant, paisible. Il vivait selon la bonté, la douceur et l'amour. Et voici que, peu à peu, le climat de la maison se transformait. Le maître était plus juste avec les serviteurs, les deux époux se réconciliaient. Les enfants jouaient sans malice. L'amertume et la colère s'envolaient des cœurs, sans que personne sût exactement pourquoi. Cette situation nouvelle persista longtemps après le départ du saint moine.

*

Tel était Ryōkan. Sa présence seule était source d'amour et de joie. Il émanait de lui des « étincelles de paix », rapporte un contemporain. C'est ainsi que, parvenu au dernier stade de l'Éveil, véritable Bodhisattva, le saint homme transmit « la lampe de la loi » de Bouddha, aida ses frères humains, leur montra la « voie de la lumière », et du bonheur zen.

Gongjing le chauve

Conte d'origine chinoise

En ce temps-là, un gouverneur de province nommé Gongjing souffrait d'une disgrâce qui le perturbait plus que de raison. Il était chauve. Mais entièrement chauve, son crâne était un désert, la plaine d'Europe centrale après Attila. Un crâne poli, « tel un diamant », selon l'heureuse expression en usage au Tibet, pays de poètes.

Un bel après-midi d'été, Gongjing était assis à l'ombre de sa terrasse, prenant le frais devant une jarre de bon vin, quand il vit dans la rue un maître barbier, qu'il connaissait de réputation : Agabunda. Ce dernier se hâtait, sans un regard pour le gouverneur.

« Comment oses-tu, manant ? s'écria Gongjing, passer devant moi sans me saluer, en faisant insolemment tinter les grelots de ton cheval ?

– Pardonnez-moi, seigneur, dit Agabunda, c'est que je suis pressé, on m'attend chez un magistrat de la ville. Je dois aujourd'hui même lui planter des cheveux !

– Comment cela, lui planter des cheveux ? fit Gongjing.

– Eh bien oui, seigneur ! Ne savez-vous pas, ajouta Agabunda avec un rien d'impatience, que l'on plante des cheveux, comme on plante des navets ? C'est un travail fort bien payé, l'on m'attend, et je ne voudrais pas...

– Holà, holà ! fit Gongjing, je suis le gouverneur de la province, et je dois être servi le premier ! Monte sur la terrasse, tu vas me planter des cheveux !

– Mais, seigneur, gémit Agabunda, que va dire le noble Ojida ? Il va me faire fouetter...

– Cesse de discuter, et monte immédiatement, ou je te fais appréhender par mes gardes ! »

Agabunda prit un air résigné, il arrêta sa carriole, attacha son cheval, et grimpa sur la terrasse, après s'être muni d'une lourde sacoche. Il salua très bas le gouverneur, prit place sur un tabouret, installa sur ses genoux une peau de mouton polie. Ensuite, il saisit un poinçon, dont il vérifia soigneusement l'ardillon, enfin, il empoigna une touffe de poils de yack. Gongjing observait ces préparatifs avec un peu d'inquiétude :

« Attention à toi si tu ne me plantes pas convenablement des cheveux, menaça-t-il, à tout hasard.

– Je suis un expert en ce domaine, assura Agabunda. Ne vous faites aucun souci, et maintenant, posez s'il vous plaît votre tête sur la peau de mouton polie ! »

Le gouverneur s'exécuta.

Agabunda, d'un geste vif, saisit son poinçon et perça le crâne glabre du gouverneur :

« Aïïe ! Que fais-tu donc ? s'écria Gongjing.

– Ne bougez pas, seigneur, fit Agabunda, ne vous ai-je pas dit que, pour planter des navets, il fallait d'abord creuser un trou dans la terre ? »

Il prit une grosse touffe de poils de yack, les disposa avec soin dans le trou qu'il venait de forer dans le crâne. Il les arrangea un moment avec le coup d'œil de l'artiste. Enfin satisfait, il reprit son poinçon, et recommença :

« Aïïe... Aïïe... Aïïe..., hurla Gongjing.

– Cessez de vous agiter ainsi, le gronda Agabunda. Comment voulez-vous que je travaille dans ces conditions ? »

Le gouverneur releva un peu la tête, et questionna presque timidement :

« Dis-moi, Agabunda, combien dois-tu percer de trous dans mon crâne pour obtenir une coiffure convenable ?

– Hum ! fit Agabunda, je ne sais pas exactement, vous avez une grosse tête... disons... une petite centaine.

– Cent trous ! s'exclama Gongjing, horrifié. Ce n'est pas possible, je n'y survivrai pas !

– Enfin, seigneur, dit Agabunda d'une voix sévère, j'aimerais bien savoir ce que vous voulez. Vous vous conduisez comme un enfant capricieux ! Parmi ceux que j'ai eu l'honneur de servir, plus d'un quart a survécu... Voyons, fit-il en comptant sur ses doigts, oui... c'est bien cela, si j'inclus le marchand de poissons, qui est demeuré sourd et aveugle, mais c'était un regrettable accident et...

– Cela suffit ! protesta Gongjing en se relevant brusquement. Je préfère la vie aux cheveux.

– Comme vous voudrez, seigneur », fit Agabunda en s'inclinant très bas.

Et il s'en alla...

« Maître, pourquoi nous contez-vous cette histoire ? demanda le plus hardi des pratiquants de Zen.

– Chacun de vous ne cesse de m'interroger pour savoir s'il connaîtra l'Éveil, s'il verra la Lumière de Bouddha. Mais voulez-vous réellement entrer dans la *voie* ? Voulez-vous vraiment que je plante le Zen dans vos têtes frivoles ? » conclut-il d'une voix terrible.

Les disciples se taisaient.

*

Car toute spiritualité authentique exige que l'on meure à soi-même, et le Zen, le bonheur zen dans sa plénitude, n'est accordé qu'à ceux qui se dépouillent de toute ambition, de tout bien, comme fit le moine Ryōkan.

L'histoire de Nan-Ta

Conte d'origine chinoise

En Chine, la longue route qui mène à l'illumination, la « voie de l'Éveil », est appelée dans les textes anciens le « chemin des oiseaux ». L'image est belle, porteuse de sens. En effet, connaître l'Éveil, c'est, par des chemins inusuels, qui ne laissent pas plus de trace au ciel qu'un vol d'hirondelle, accéder à notre nature originelle, retrouver le nid.

Voici l'histoire véridique de Nan-Ta-Kuang-Yun, maître du Tch'an, qui vécut au pays de Chine de 850 à 938.

Le jeune Nan-Ta fut ordonné moine par le sage Yang-Shan, son maître. Ensuite, il résolut d'aller suivre l'enseignement du célèbre Lin-Tsi [44]. Il resta absent de longues années, mendiant sur les routes, priant, méditant. Un jour, il revint. Son maître voulut savoir s'il avait connu l'Éveil, s'il avait passé la « porte sans porte », s'il était libéré des formes, s'il savait ne sachant rien « toutes les réponses à toutes les questions »... Il l'interrogea ainsi :

« Pourquoi viens-tu ?

– Je viens pour vous saluer, et vous présenter mes respects, maître !

– Me vois-tu ?

– Je n'ai pas perdu mes yeux pendant ces années, je vous vois, maître !

– Alors, dis-moi, trouves-tu que je ressemble à un âne ?

– Je trouve que vous ne ressemblez pas au Bouddha !

– Et pourquoi ne ressemblé-je pas au Bouddha ?

– Si vous ressembliez au Bouddha, quelle différence y aurait-il avec un âne ? »

En entendant cette réponse, le vieux maître ouvrit les bras à son disciple. Nan-Ta avait accédé à la Réalité profonde, où toutes les formes sont « unes » ; il était passé au-delà des apparences. Il vivait désormais dans la paix que rien ne trouble, le bonheur qui ne passe pas. Il avait connu l'Éveil. En mendiant ici et là sur les routes, il avait suivi le chemin des oiseaux.

Tokusan

Tokusan, maître de Zen, était un érudit fameux. Il avait lu, et pouvait réciter de mémoire des centaines de sûtras. Aucune difficulté spirituelle ne le rebutait. Pendant les *mondos*, ces échanges vifs, ces « disputes » rituelles entre moines, il se montrait sans rival. Mais hélas, il n'avait jamais connu le Satori, la joie parfaite de l'Éveil.

Un jour, il entendit parler d'un maître de Zen, nommé Ryutan, qui jouissait d'un tel prestige, possédait un tel charisme, que ses disciples l'avaient surnommé le « Dragon du lac ». Il résolut de faire sa connaissance, et de se mesurer à lui. Il entreprit le long voyage à l'autre bout du Japon. Le maître le reçut avec indifférence, et lui confia des tâches subalternes. Tokusan, l'érudit fameux, devait balayer la cour du temple, nettoyer les couloirs, puiser de l'eau, couper du bois. Ainsi s'écoulaient les jours. Tokusan rongeait son frein. Comment, disait-il, moi, le maître de Zen que chacun révère, je suis réduit au rôle de novice ! Je croyais rencontrer ici le « Dragon du lac » ! Mais si je vois le lac, je me demande bien où est le dragon ? Ryutan, à qui ces propos avaient été rapportés par un moinillon zélé, fit enfin savoir à Tokusan qu'il acceptait de « disputer » un mondo avec lui.

Le jour venu, en présence des membres les plus avertis de la communauté, le mondo commença.

Pendant des heures, ce fut un échange éblouissant de questions et de réponses. L'un proposait un aphorisme, que l'autre réfutait sur-le-champ. Tous deux faisaient assaut d'agilité intellectuelle, utilisaient des arguments inédits, et les citations pleuvaient…

« Que sont les myriades de mondes qui composent l'Univers ? demandait Tokusan.

– Ce sont, aux yeux du Bouddha, rien de plus que des pépins de fruits, répliquait le maître Ryutan.

– Et le grand lac de l'Inde ? insistait Tokusan l'érudit.

– À peine une tache d'huile ! Pouvez-vous me dire ce qu'est le chemin sacré de l'Illuminé ? interrogeait à son tour Ryutan.

– Le reflet des fleurs dans l'œil de celui qui les regarde ! » rétorquait victorieusement Tokusan.

Et les questions et les réponses se succédaient, sans que l'on parvînt à les départager. La nuit tombait, et l'on décida d'interrompre le mondo jusqu'au lendemain. Tokusan sortit le dernier, et comme la nuit était très sombre, Ryutan lui prépara une lanterne. Mais au moment où il la lui tendait sur le seuil, il souffla délibérément la flamme. Alors Tokusan l'érudit connut la joie parfaite, l'éblouissement de l'Éveil, qu'il avait espéré, et cherché, toute sa vie.

L'Éveil de la « goutte d'eau »

Conte d'origine chinoise

L'Éveil fait surgir une lumière en nous, qui demeurait cachée. Le récit de l'Éveil, de la « goutte d'eau », est exemplaire par sa limpidité heureuse.

Tien-Tai Té-Shao, qui naquit en Chine en 891 et mourut en 972, était en 948 un moine d'âge mûr. Il avait rencontré bien des maîtres de Zen (cinquante-quatre exactement, selon la légende). Il avait tant de fois pratiqué les mondos, qu'il ne croyait plus au jeu des questions et des réponses, et n'espérait plus rien. Ce jour-là, il arriva chez le maître Fa-Yen Wen[45]. Il se mêla à la foule des disciples. Fa-Yen était sur une estrade. Il enseignait. Après une série d'échanges particulièrement vifs, un moine demanda :

« Ô, maître, dites-nous, qu'est-ce qu'une goutte d'eau de la source de Tsao-Chi ?

– C'est une goutte d'eau de la source de Tsao-Chi », répondit le maître.

À ce moment, Tien-Tai, le blasé, sentit son cœur fondre. Il se mit à pleurer. Il connut l'Éveil. Ébloui et transformé, il se confia à Fa-Yen. Ce dernier confirma l'authenticité du Satori. Tien-Tai, qui était alors âgé de cinquante-sept ans, fut nommé maître national auprès du jeune empereur Chung-Han-Huang. Il demeura à la cour jusqu'à sa mort, en 972. Il avait quatre-vingt-un ans. Tien-Tai fut lumière et source de lumière.

Sur la route

Sur la route qui mène à Edo, deux moines zen se rencontrent. Crânes rasés, robes safran, sandales aux pieds, le bol d'une main, le bâton de l'autre :

« Est-ce bien toi, Toshibu ?

– Mon frère Urishima ! »

Les deux moines s'embrassent, s'étreignent, et se contemplent avec grande amitié, et tendresse.

« Tu te souviens de nos années de noviciat !

– Il y a vingt ans, ce sesshin, au cours duquel nous avions tant réfléchi à propos de ce koan : "Qu'est-ce que la nature de Bouddha ? – Le cyprès dans la cour."

– Oui, Toshibu, comme nous avons retourné et retourné cette phrase dans nos têtes…

– Nous envisagions toutes les possibilités, nous nous perdions dans les raisonnements subtils !

– Parfois jusqu'au matin…

– Et maintenant, ce koan nous semble si facile…

– Oui, tellement facile, et nous rions en y pensant ! »

Sur la route qui mène à Edo, un soir pluvieux d'automne, on peut apercevoir deux moines zen d'âge honorable, qui rient de tout leur cœur : ah, ah, ah…

Je n'ai rien dit

Conte d'origine vietnamienne

La luciole envolée,
le vent m'est resté
dans la main.

Issa (1763-1827)

Le maître de Zen Vô Ngôn Thông[46] se mourait. Ses disciples le suppliaient : « Laissez-nous un message qui nous permette d'accéder au bonheur suprême de l'Éveil ! » Mais le langage est source d'erreurs, et risque de conduire à la conceptualisation, à l'attachement pour une formule. Il faudrait transmettre une parole qui ne soit ni acceptée, ni refusée, ni entendue, ni non entendue, mais dépassée ; dire et ne pas dire, de façon que le disciple écoute mais que les mots s'effacent aussitôt, comme la rosée dans le vent du matin, afin que chacun voie directement en sa propre nature... Ainsi songeait Vô Ngôn Thông, qui allait mourir...

Les disciples insistaient :

« Maître, comment connaîtrons-nous le bonheur zen ?

– Ne me questionnez plus, je n'ai rien à dire ! »

Et il ajouta :

« Je n'ai rien dit ! »

En guise d'au revoir

Un moine zen se disposait à parler sur la grande place du village. Il avait soigneusement rédigé son discours, et il s'apprêtait à le lire, quand un brusque coup de vent fit s'envoler les feuillets dans les branches d'un citronnier. Pris au dépourvu, incapable de retrouver le fil de sa harangue, il dit :

« Mes amis, voici en résumé, ce que je voulais vous exposer : quand j'ai faim, je mange, quand je suis fatigué, je dors !

– Mais tout le monde ne fait-il pas comme vous, maître ? interroge quelqu'un dans la foule.

– Non ! Pas de la même façon !

– Pourquoi, maître ?

– Quand les gens mangent, ils pensent à mille choses, quand ils s'endorment, ils pensent à leurs problèmes. Voilà pourquoi ils ne font pas comme moi ! »

Alors le moine descendit au milieu d'eux, recueillit les dons, et, à ceux qui le questionnaient encore, il répondait : « Quant aux détails, vous les trouverez dans les branches du citronnier... »

Notes

1. Haïku de Issa, traduction Philippe Jaccottet, *Haïku*, © Fata Morgana, 1996.
2. *Cf.* p. 43 [« le thé n'est rien d'autre que ceci »].
3. Le bandeau de résolution est un bonnet de tissu qui, encerclant la tête, assure une bonne assise au casque. Il fait partie de l'équipement du guerrier samouraï prêt au combat, il symbolise sa détermination.
4. Soseki (XIXe siècle).
5. L'*Atma*, ou *atman*, est un mot sanscrit qui désigne l'Absolu, l'Infini, l'Illimité, l'Éternel, l'unique Réalité.
6. *Zazen* : posture en lotus, ou demi-lotus. Mains dans le giron, paumes en haut, la main droite sur la main gauche, ou l'inverse selon les traditions, pouces tendus se touchant légèrement. Bonne assiette. Respiration calme.
7. Trad. fr. inédite de Cheng Wing Fun et Hervé Collet.
8. Yuan des Han régna de 48 à 33 avant notre ère.
9. *Kito* : cérémonie pour exaucer un vœu.
10. Ryokan, *Pays natal*, trad. Cheng Wing Fun et Hervé Collet, Moundarren, 1994.
11. Trad. fr. inédite de Cheng Wing Fun et Hervé Collet.
12. Orge grillé détrempé et pétri dans du thé beurré et salé. Plat traditionnel du Tibet.
13. Isabelle Coursin, *Le Goût du Zen*, Gallimard, coll. « Le promeneur », 1993.
14. Le *bon* est la fête des morts. On nettoie les tombes, on y place mets et boissons pour les défunts. Trois jours après, on brûle les chevaux de paille, et sur leur fumée les âmes s'élèvent pour

gagner leur séjour dans l'Au-delà. (Maurice Coyaud, *Tanka, haïku, renga, le triangle magique*, Les Belles Lettres, 1996.)

15. Honshu : la plus grande île du Japon, où se trouve aujourd'hui Tokyo.
16. Éveil : fin du sommeil de l'ignorance dans lequel est plongé l'homme ordinaire.
17. Heian Kyo, aujourd'hui Kyōto. « Capitale de la paix et de la tranquillité », nom donné à la ville actuelle de Kyōto par Temmo-Tennô, lorsqu'il inaugura cette ville nouvelle en 794. Kyōto, qui veut dire simplement « capitale », ne fut appliqué à Heian-Kyo qu'à partir de la fin du XIe siècle.
18. Shaku, l'empereur des dieux, habite selon la légende la montagne Sumeru, qui est au centre du monde. Il règne sur trente-deux dieux et leurs cités qui regorgent de richesses.
19. *Daymio :* seigneur féodal, auquel les samouraï juraient fidélité.
20. « Connin » ou « counin » : anciens noms charmants du lapin.
21. Le haïku de Buson est traduit par Philippe Jaccottet in *Haïku, op. cit.*
22. *Sesshin* : retraite zen, d'une semaine en général, pendant laquelle on pratique zazen (la méditation assise) de façon intensive.
23. Edo : « Porte de la baie », ancien nom de la cité de Tokyo, utilisé de 1180 à 1868.
24. Li : mesure itinéraire chinoise (environ 576 mètres).
25. Les « quatre incommensurables » *(shiguseigan)* ou les « quatre grands vœux universels » :

    Aussi nombreux soient les êtres vivants,
    je fais le vœu de les sauver tous.
    Aussi nombreuses soient les passions mauvaises, je fais le
    [vœu de les vaincre toutes.
    Aussi nombreux sont les *dharmas* (lois),
    je fais le vœu de les accomplir tous.
    Aussi parfaite soit la loi de Bouddha, je fais le vœu de la
    [réaliser.

26. Le rossignol progné (*Luscinia luscinia* : le rossignol des rossignols) a le chant le plus musical, le plus riche de l'espèce.
27. Ces quatre poèmes sont issus du folklore chinois (XIIe au VIIe siècle av. J.-C.). Traduction de l'auteur.
28. Les *immortels* sont des personnages légendaires, qui doivent ce statut à leurs mérites exceptionnels. Ils habitent la mer de l'Est,

dans un palais en or. Certains ont le pouvoir de chasser les démons.

29. En Inde, la main droite est placée sur la main gauche, qui est considérée comme impure. En Chine et au Japon, c'est l'inverse. En effet dans ces deux pays, la main gauche est assimilée au Yin : le calme, l'harmonie ; la main droite au Yan : le dynamisme, l'énergie. Pendant Zazen, c'est la paix qui l'emporte, et la main gauche sur la droite.
30. L'époque de Heïan (x^e et xie siècle), période de grand épanouissement des arts et des lettres, que l'on a comparée au siècle de Louis XIV.
31. Voir note 16.
32. Saint-John Perse, « Chronique », *Éloges, Vents, Amers, Chroniques*, © Gallimard, p. 724-725.
33. Tenzin Gyatso, Sa Sainteté le XIVe dalaï-lama, *La Puissance de la compassion*, Presses de la Renaissance, 1995.
34. Bodhisattva : un être qui renonce momentanément au Nirvana pour aider tous les êtres qui souffrent sur le chemin de la délivrance. Souvent appelé « le héros de l'Éveil », un homme qui a franchi la « porte sans porte », et qui accepte de rester parmi les hommes par compassion.
35. Rabelais, *Gargantua (1534)*, ch. XXI. Jacques Almain était un docteur scolastique en Sorbonne. Plaisanterie d'étudiants qui s'amusaient à confondre le nom de leur professeur et « à la main ». Le « peigne de Almain » revenait à se peigner avec les doigts. In *Œuvres complètes*, Gallimard, coll. « Bibliothèque de la Pléiade », 1978, p. 62.
36. Littorine : gastéropode à coquille épaisse, de couleur vert sombre.
37. L'armure d'un éléphant de guerre est constituée de huit mille plaques de métal environ, se chevauchant, reliées entre elles par des maillons et cousues sur un support tissé. Poids total : 150 kg.
38. Dans l'Inde ancienne, l'un des plus grands rois eut trois fils : Pândou, Dhritarachatra, et Vidoura. On surnomma les cinq fils de l'aîné les « Pândouïdes ».
39. *Dyana* : nom sanskrit de l'école fondée par Bodhidharma. La traduction chinoise est : *Tch'an*. D'où *Zen*, en japonais.
40. Gérard de Nerval, *Fantaisie*, in *Les Plus Belles Pages de la poésie française*, Sélection du Reader's Digest, 1982, p. 410.

41. Dits : poèmes, aphorismes, petites pièces, historiettes, à caractère moral ou religieux.
42. *Tanazaku* : feuilles de papier rectangulaires, colorées ou non, destinées à la calligraphie.
43. Extraits de poèmes de Ryōkan.
44. Lin-Tsi : l'un des maîtres les plus aimés et les plus admirés de toute l'histoire du Tch'an. Mais il est mort en 866. Il paraît plus vraisemblable que Nan-Ta ait rencontré l'un de ses successeurs.
45. Fa-Yen (885-958) : moinillon à sept ans, moine à dix-neuf, Fa-Yen partit vers le sud pour étudier le Tch'an. Il reçut l'Éveil auprès de maître Lo-Han, un soir de neige, en compagnie de ses deux amis : Ching-Chi et Lung-Tsi.
46. Vô Ngôn Thông (IXᵉ siècle) : fondateur au Vietnam de l'école qui porte son nom. Vô Ngôn Thông signifie « Communion sans paroles ».

Table

DU MÊME AUTEUR

Quelqu'un derrière la porte
Médiaspaul, 1990

Chahuté, moi ? Jamais !
Fleurus, 1991

Fais pas la grimace à Dieu !
L'Harmattan, 1993

Les Oiseaux pour sourire et rêver
L'Harmattan, 1994

Guide de relaxation pour ceux qui n'ont pas le temps
Seuil, 1996, 2001

Restez zen : la Méthode du chat
Seuil, 1998, 2002

Prières pour ceux qui n'ont pas le temps
L'Atelier, 1999, 2004

L'Aventurier de Dieu
Hérault, 1999

Prières à Marie
L'Atelier, 1999

Sagesse monastique
La Table ronde, 1999

Le Petit Livre de sagesse monastique
La Table ronde, 1999

Les Plus Beaux Contes zen *
Calmann-Lévy, 1999

Les Plus Beaux Contes zen **
Calmann-Lévy, 2000

Haïku, petit guide
Éditions du Petit Pavé, 2000

Le Petit Traité du bonheur
La Table ronde, 2000

Les Plus Beaux Contes zen ***
Calmann-Lévy, 2001

Prières à décoiffer les clochers
Cerf, 2002

Les Plus Beaux Contes zen lus par Dominique Blanc
Doucle CD, livre sonore
Frémeaux et associés, 2002

Je confie mes traces aux nuages
Calmann-Lévy, 2002

Humour zen
Calmann-Lévy, 2003

L'Année zen
Calmann-Lévy, 2003

Conte du chat, maître zen
Calmann-Lévy, 2004

Dieu en poche : l'aventure d'une vie
J'ai Lu, coll. « Librio », 2004

La Relaxation pour tous
J'ai Lu, coll. « Librio », 2004

Le Moustique : 70 histoires zen pour rire et sourire
J'ai Lu, coll. « Librio », 2005

Un jour, une prière
De Vecchi, 2005

Éloge de l'oiseau
Arléa, 2005

Sages ou fous les haïkus ?
Calmann-Lévy, 2005

RÉALISATION : NORD COMPO À VILLENEUVE-D'ASCQ
IMPRESSION : S. N. FIRMIN-DIDOT AU MESNIL-SUR-L'ESTRÉE
DÉPÔT LÉGAL : NOVEMBRE 2005. N° 84801 (76167)
IMPRIMÉ EN FRANCE

Collection Points

DERNIERS TITRES PARUS

P903. Namokel, *par Catherine Lépront*
P904. Mon frère, *par Jamaica Kincaid*
P905. Maya, *par Jostein Gaarder*
P906. Le Fantôme d'Anil, *par Michael Ondaatje*
P907. Quatre Voyageurs, *par Alain Fleischer*
P908. La Bataille de Paris, *par Jean-Luc Einaudi*
P909. L'Amour du métier, *par Lawrence Block*
P910. Biblio-quête, *par Stéphanie Benson*
P911. Quai des désespoirs, *par Roger Martin*
P912. L'Oublié, *par Elie Wiesel*
P913. La Guerre sans nom
par Patrick Rotman et Bertrand Tavernier
P914. Cabinet-portrait, *par Jean-Luc Benoziglio*
P915. Le Loum, *par René-Victor Pilhes*
P916. Mazag, *par Robert Solé*
P917. Les Bonnes Intentions, *par Agnès Desarthe*
P918. Des anges mineurs, *par Antoine Volodine*
P919. L'Ingénieux Hidalgo Don Quichotte 1
par Miguel de Cervantes
P920. L'Ingénieux Hidalgo Don Quichotte 2
par Miguel de Cervantes
P921. La Taupe, *par John le Carré*
P922. Comme un collégien, *par John le Carré*
P923. Les Gens de Smiley, *par John le Carré*
P924. Les Naufragés de la Terre sainte, *par Sheri Holman*
P925. Épître des destinées, *par Gamal Ghitany*
P926. Sang du ciel, *par Marcello Fois*
P927. Meurtres en neige, *par Margaret Yorke*
P928. Heureux les imbéciles, *par Philippe Thirault*
P929. Beatus Ille, *par Antonio Munoz Molina*
P930. Le Petit Traité des grandes vertus
par André Comte-Sponville
P931. Le Mariage berbère, *par Simonne Jacquemard*
P932. Dehors et pas d'histoires, *par Christophe Nicolas*
P933. L'Homme blanc, *par Tiffany Tavernier*
P934. Exhortation aux crocodiles, *par Antonio Lobo Antunes*
P935. Treize Récits et Treize Épitaphes
par William T. Vollmann
P936. La Traversée de la nuit, *par Geneviève de Gaulle Anthonioz*

P937. Le Métier à tisser, *par Mohammed Dib*
P938. L'Homme aux sandales de caoutchouc, *par Kateb Yacine*
P939. Le Petit Col des loups, *par Maryline Desbiolles*
P940. Allah n'est pas obligé, *par Ahmadou Kourouma*
P941. Veuves au maquillage, *par Pierre Senges*
P942. La Dernière Neige, *par Hubert Mingarelli*
P943. Requiem pour une huître, *par Hubert Michel*
P944. Morgane, *par Michel Rio*
P945. Oncle Petros et la Conjecture de Goldbach *par Apostolos Doxiadis*
P946. La Tempête, *par Juan Manuel de Prada*
P947. Scènes de la vie d'un jeune garçon, *par J.M. Coetzee*
P948. L'avenir vient de loin, *par Jean-Noël Jeanneney*
P949. 1280 Âmes, *par Jean-Bernard Pouy*
P950. Les Péchés des pères, *par Lawrence Block*
P951. Les Enfants de fortune, *par Jean-Marc Roberts*
P952. L'Incendie, *par Mohammed Dib*
P953. Aventures, *par Italo Calvino*
P954. Œuvres pré-posthumes, *par Robert Musil*
P955. Sérénissime Assassinat, *par Gabrielle Wittkop*
P956. L'Ami de mon père, *par Frédéric Vitoux*
P957. Messaouda, *par Abdelhak Serhane*
P958. La Croix et la Bannière, *par William Boyd*
P959. Une voix dans la nuit, *par Armistead Maupin*
P960. La Face cachée de la lune, *par Martin Suter*
P961. Des villes dans la plaine, *par Cormac McCarthy*
P962. L'Espace prend la forme de mon regard, *par Hubert Reeves*
P963. L'Indispensable Petite Robe noire, *par Lauren Henderson*
P964. Vieilles Dames en péril, *par Margaret Yorke*
P965. Jeu de main, jeu de vilain, *par Michelle Spring*
P966. Carlota Fainberg, *par Antonio Muñoz Molina*
P967. Cette aveuglante absence de lumière, *par Tahar Ben Jelloun*
P968. Manuel de peinture et de calligraphie, *par José Saramago*
P969. Dans le nu de la vie, *par Jean Hatzfeld*
P970. Lettres luthériennes, *par Pier Paolo Pasolini*
P971. Les Morts de la Saint-Jean, *par Henning Mankell*
P972. Ne zappez pas, c'est l'heure du crime, *par Nancy Star*
P973. Connaissance de la douleur, *par Carlo Emilio Gadda*
P974. Les Feux du Bengale, *par Amitav Ghosh*
P975. Le Professeur et la Sirène *par Giuseppe Tomasi di Lampedusa*
P976. Éloge de la phobie, *par Brigitte Aubert*
P977. L'Univers, les dieux, les hommes, *par Jean-Pierre Vernant*
P978. Les Gardiens de la vérité, *par Michael Collins*

P979. Jours de Kabylie, *par Mouloud Feraoun*
P980. La Pianiste, *par Elfriede Jelinek*
P981. L'homme qui savait tout, *par Catherine David*
P982. La Musique d'une vie, *par Andreï Makine*
P983. Un vieux cœur, *par Bertrand Visage*
P984. Le Caméléon, *par Andreï Kourkov*
P985. Le Bonheur en Provence, *par Peter Mayle*
P986. Journal d'un tueur sentimental et autres récits *par Luis Sepúlveda*
P987. Étoile de mère, *par G. Zoë Garnett*
P988. Le Vent du plaisir, *par Hervé Hamon*
P989. L'Envol des anges, *par Michael Connelly*
P990. Noblesse oblige, *par Donna Leon*
P991. Les Étoiles du Sud, *par Julien Green*
P992. En avant comme avant !, *par Michel Folco*
P993. Pour qui vous prenez-vous ?, *par Geneviève Brisac*
P994. Les Aubes, *par Linda Lê*
P995. Le Cimetière des bateaux sans nom *par Arturo Pérez-Reverte*
P996. Un pur espion, *par John le Carré*
P997. La Plus Belle Histoire des animaux, *par Boris Cyrulnik, Jean-Pierre Digard, Pascal Picq, Karine-Lou Matignon*
P998. La Plus Belle Histoire de la Terre, *par André Brahic, Paul Tapponnier, Lester R. Brown, Jacques Girardon*
P999. La Plus Belle Histoire des plantes, *par Jean-Marie Pelt, Marcel Mazoyer, Théodore Monod, Jacques Girardon*
P1000. Le Monde de Sophie, *par Jostein Gaarder*
P1001. Suave comme l'éternité, *par George P. Pelecanos*
P1002. Cinq Mouches bleues, *par Carmen Posadas*
P1003. Le Monstre, *par Jonathan Kellerman*
P1004. À la trappe !, *par Andrew Klavan*
P1005. Urgence, *par Sarah Paretsky*
P1006. Galindez, *par Manuel Vázquez Montalbán*
P1007. Le Sanglot de l'homme blanc, *par Pascal Bruckner*
P1008. La Vie sexuelle de Catherine M., *par Catherine Millet*
P1009. La Fête des Anciens, *par Pierre Mertens*
P1010. Une odeur de mantèque, *par Mohammed Khaïr-Eddine*
P1011. N'oublie pas mes petits souliers, *par Joseph Connolly*
P1012. Les Bonbons chinois, *par Mian Mian*
P1013. Boulevard du Guinardó, *par Juan Marsé*
P1014. Des lézards dans le ravin, *par Juan Marsé*
P1015. Besoin de vélo, *par Paul Fournel*
P1016. La Liste noire, *par Alexandra Marinina*
P1017. La Longue Nuit du sans-sommeil, *par Lawrence Block*

P1018. Perdre, *par Pierre Mertens*
P1019. Les Exclus, *par Elfriede Jelinek*
P1020. Putain, *par Nelly Arcan*
P1021. La Route de Midland, *par Arnaud Cathrine*
P1022. Le Fil de soie, *par Michèle Gazier*
P1023. Paysages originels, *par Olivier Rolin*
P1024. La Constance du jardinier, *par John le Carré*
P1025. Ainsi vivent les morts, *par Will Self*
P1026. Doux Carnage, *par Toby Litt*
P1027. Le Principe d'humanité, *par Jean-Claude Guillebaud*
P1028. Bleu, histoire d'une couleur, *par Michel Pastoureau*
P1029. Speedway, *par Philippe Thirault*
P1030. Les Os de Jupiter, *par Faye Kellerman*
P1031. La Course au mouton sauvage, *par Haruki Murakami*
P1032. Les Sept Plumes de l'aigle, *par Henri Gougaud*
P1033. Arthur, *par Michel Rio*
P1034. Hémisphère Nord, *par Patrick Roegiers*
P1035. Disgrâce, *par J.M. Coetzee*
P1036. L'Âge de fer, *par J.M. Coetzee*
P1037. Les Sombres Feux du passé, *par Chang-rae Lee*
P1038. Les Voix de la liberté, *par Michel Winock*
P1039. Nucléaire Chaos, *par Stéphanie Benson*
P1040. Bienheureux ceux qui ont soif..., *par Anne Holt*
P1041. Le Marin à l'ancre, *par Bernard Giraudeau*
P1042. L'Oiseau des ténèbres, *par Michael Connelly*
P1043. Les Enfants des rues étroites, *par Abdelhak Sehrane*
P1044. L'Ile et Une nuit, *par Daniel Maximin*
P1045. Bouquiner, *par Annie François*
P1046. Nat Tate, *par William Boyd*
P1047. Le Grand Roman indien, *par Shashi Tharoor*
P1048. Les Lettres mauves, *par Lawrence Block*
P1049. L'Imprécateur, *par René-Victor Pilhes*
P1050. Le Stade de Wimbledon, *par Daniele Del Giudice*
P1051. La Deuxième Gauche, *par Hervé Hamon et Patrick Rotman*
P1052. La Tête en bas, *par Noëlle Châtelet*
P1053. Le Jour de la cavalerie, *par Hubert Mingarelli*
P1054. Le Violon noir, *par Maxence Fermine*
P1055. Vita Brevis, *par Jostein Gaarder*
P1056. Le Retour des caravelles, *par António Lobo Antunes*
P1057. L'Enquête, *par Juan José Saer*
P1058. Pierre Mendès France, *par Jean Lacouture*
P1059. Le Mètre du monde, *par Denis Guedj*
P1060. Mort d'une héroïne rouge, *par Qiu Xiaolong*
P1061. Angle mort, *par Sara Paretsky*

P1062. La Chambre d'écho, *par Régine Detambel*
P1063. Madame Seyerling, *par Didier Decoin*
P1064. L'Atlantique et les Amants, *par Patrick Grainville*
P1065. Le Voyageur, *par Alain Robbe-Grillet*
P1066. Le Chagrin des Belges, *par Hugo Claus*
P1067. La Ballade de l'impossible, *par Haruki Murakami*
P1068. Minoritaires, *par Gérard Miller*
P1069. La Reine scélérate, *par Chantal Thomas*
P1070. Trompe la mort, *par Lawrence Block*
P1071. V'là aut' chose, *par Nancy Star*
P1072. Jusqu'au dernier, *par Deon Meyer*
P1073. Le Rire de l'ange, *par Henri Gougaud*
P1074. L'Homme sans fusil, *par Ysabelle Lacamp*
P1075. Le Théoriste, *par Yves Pagès*
P1076. L'Artiste des dames, *par Eduardo Mendoza*
P1077. Les Turbans de Venise, *par Nedim Gürsel*
P1078. Zayni Barakat, *par Ghamal Ghitany*
P1079. Éloge de l'amitié, ombre de la trahison
par Tahar Ben Jelloun
P1080. La Nostalgie du possible. Sur Pessoa
par Antonio Tabucchi
P1081. La Muraille invisible, *par Henning Mankell*
P1082. Ad vitam aeternam, *par Thierry Jonquet*
P1083. Six Mois au fond d'un bureau, *par Laurent Laurent*
P1084. L'Ami du défunt, *par Andreï Kourkov*
P1085. Aventures dans la France gourmande, *par Peter Mayle*
P1086. Les Profanateurs, *par Michael Collins*
P1087. L'Homme de ma vie, *par Manuel Vázquez Montalbán*
P1088. Wonderland Avenue, *par Michael Connelly*
P1089. L'Affaire Paola, *par Donna Leon*
P1090. Nous n'irons plus au bal, *par Michelle Spring*
P1091. Les Comptoirs du Sud, *par Philippe Doumenc*
P1092. Foraine, *par Paul Fournel*
P1093. Mère agitée, *par Nathalie Azoulay*
P1094. Amanscale, *par Maryline Desbiolles*
P1095. La Quatrième Main, *par John Irving*
P1096. La Vie devant ses yeux, *par Laura Kasischke*
P1097. Foe, *par J.M. Coetzee*
P1098. Les Dix Commandements, *par Marc-Alain Ouaknin*
P1099. Errance, *par Raymond Depardon*
P1100. Dr la Mort, *par Jonathan Kellerman*
P1101. Tatouage à la fraise, *par Lauren Henderson*
P1102. La Frontière, *par Patrick Bard*
P1103. La Naissance d'une famille, *par T. Berry Brazelton*

P1104. Une mort secrète, *par Richard Ford*
P1105. Blanc comme neige, *par George P. Pelecanos*
P1106. Jours tranquilles à Belleville, *par Thierry Jonquet*
P1107. Amants, *par Catherine Guillebaud*
P1108. L'Or du roi, *par Arturo Perez-Reverte*
P1109. La Peau d'un lion, *par Michael Ondaatje*
P1110. Funérarium, *par Brigitte Aubert*
P1111. Requiem pour une ombre, *par Andrew Klavan*
P1113. Tigre en papier, *par Olivier Rolin*
P1114. Le Café Zimmermann, *par Catherine Lépront*
P1115. Le Soir du chien, *par Marie-Hélène Lafon*
P1116. Hamlet, pan, pan, pan, *par Christophe Nicolas*
P1117. La Caverne, *par José Saramago*
P1118. Un ami parfait, *par Martin Suter*
P1119. Chang et Eng le double-garçon, *par Darin Strauss*
P1120. Les Amantes, *par Elfriede Jelinek*
P1121. L'Étoffe du diable, *par Michel Pastoureau*
P1122. Meurtriers sans visage, *par Henning Mankell*
P1123. Taxis noirs, *par John McLaren*
P1124. La Revanche de Dieu, *par Gilles Kepel*
P1125. À ton image, *par Louise L. Lambrichs*
P1126. Les Corrections, *par Jonathan Franzen*
P1127. Les Abeilles et la Guêpe, *par François Maspero*
P1128. Les Adieux à la Reine, *par Chantal Thomas*
P1129. Dondog, *par Antoine Volodine*
P1130. La Maison Russie, *par John le Carré*
P1131. Livre de chroniques, *par António Lobo Antunes*
P1132. L'Europe en première ligne, *par Pascal Lamy*
P1133. Les Nouveaux Maîtres du monde, *par Jean Ziegler*
P1134. Tous des rats, *par Barbara Seranella*
P1135. Des morts à la criée, *par Ed Dee*
P1136. Allons voir plus loin, veux-tu ?, *par Anny Duperey*
P1137. Les Papas et les Mamans, *par Diastème*
P1138. Phantasia, *par Abdelwahab Meddeb*
P1139. Métaphysique du chien, *par Philippe Ségur*
P1140. Mosaïque, *par Claude Delarue*
P1141. Dormir accompagné, *par António Lobo Antunes*
P1142. Un monde ailleurs, *par Stewart O'Nan*
P1143. Rocks Springs, *par Richard Ford*
P1144. L'Ami de Vincent, *par Jean-Marc Roberts*
P1145. La Fascination de l'étang, *par Virginia Woolf*
P1146. Ne te retourne pas, *par Karin Fossum*
P1147. Dragons, *par Marie Desplechin*
P1148. La Médaille, *par Lydie Salvayre*

P1149. Les Beaux Bruns, *par Patrick Gourvennec*
P1150. Poids léger, *par Olivier Adam*
P1151. Les Trapézistes et le Rat, *par Alain Fleischer*
P1152. À livre ouvert, *par William Boyd*
P1153. Péchés innombrables, *par Richard Ford*
P1154. Une situation difficile, *par Richard Ford*
P1155. L'éléphant s'évapore, *par Haruki Murakami*
P1156. Un amour dangereux, *par Ben Okri*
P1157. Le Siècle des communismes, *ouvrage collectif*
P1158. Funky Guns, *par George P. Pelecanos*
P1159. Les Soldats de l'aube, *par Deon Meyer*
P1160. Le Figuier, *par François Maspero*
P1161. Les Passagers du Roissy-Express, *par François Maspero*
P1162. Visa pour Shanghai, *par Qiu Xiaolong*
P1163. Des dahlias rouge et mauve, *par Frédéric Vitoux*
P1164. Il était une fois un vieux couple heureux
par Mohammed Khaïr-Eddine
P1165. Toilette de chat, *par Jean-Marc Roberts*
P1166. Catalina, *par Florence Delay*
P1167. Nid d'hommes, *par Lu Wenfu*
P1168. La Longue Attente, *par Ha Jin*
P1169. Pour l'amour de Judith, *par Meir Shalev*
P1170. L'Appel du couchant, *par Gamal Ghitany*
P1171. Lettres de Drancy
P1172. Quand les parents se séparent, *par Françoise Dolto*
P1173. Amours sorcières, *par Tahar Ben Jelloun*
P1174. Sale Temps, *par Sara Paretsky*
P1175. L'Ange du Bronx, *par Ed Dee*
P1176. La Maison du désir, *par France Huser*
P1177. Cytomégalovirus, *par Hervé Guibert*
P1178. Les Treize Pas, *par Mo Yan*
P1179. Le Pays de l'alcool, *par Mo Yan*
P1180. Le Principe de Frédelle, *par Agnès Desarthe*
P1181. Les Gauchers, *par Yves Pagès*
P1182. Rimbaud en Abyssinie, *par Alain Borer*
P1183. Tout est illuminé, *par Jonathan Safran Foer*
P1184. L'Enfant zigzag, *par David Grossman*
P1185. La Pierre de Rosette, *par Robert Solé et Dominique Valbelle*
P1186. Le Maître de Pétersbourg, *par J.M. Coetzee*
P1187. Les Chiens de Riga, *par Henning Mankell*
P1188. Le Tueur, *par Eraldo Baldini*
P1189. Un silence de fer, *par Marcello Fois*
P1190. La Filière du jasmin, *par Denise Hamilton*
P1191. Déportée en Sibérie, *par Margarete Buber-Neumann*

P1192. Les Mystères de Buenos Aires, *par Manuel Puig*
P1193. La Mort de la phalène, *par Virginia Woolf*
P1194. Sionoco, *par Leon de Winter*
P1195. Poèmes et Chansons, *par Georges Brassens*
P1196. Innocente, *par Dominique Souton*
P1197. Taking Lives_/_Destins violés, *par Michael Pye*
P1198. Gang, *par Toby Litt*
P1199. Elle est partie, *par Catherine Guillebaud*
P1200. Le Luthier de Crémone, *par Herbert Le Porrier*
P1201. Le Temps des déracinés, *par Elie Wiesel*
P1202. Les Portes du sang, *par Michel del Castillo*
P1203. Featherstone, *par Kirsty Gunn*
P1204. Un vrai crime pour livres d'enfants, *par Chloe Hooper*
P1205. Les Vagabonds de la faim, *par Tom Kromer*
P1206. Mister Candid, *par Jules Hardy*
P1207. Déchaînée, *par Lauren Henderson*
P1208. Hypnose mode d'emploi, *par Gérard Miller*
P1209. Corse, *par Jean-Noël Pancrazi et Raymond Depardon*
P1210. Le Dernier Viking, *par Patrick Grainville*
P1211. Charles et Camille, *par Frédéric Vitoux*
P1212. Siloé, *par Paul Gadenne*
P1213. Bob Marley, *par Stephen Davies*
P1214. Ça ne peut plus durer, *par Joseph Connolly*
P1215. Tombe la pluie, *par Andrew Klavan*
P1216. Quatre Soldats, *par Hubert Mingarelli*
P1217. Les Cheveux de Bérénice, *par Denis Guedj*
P1218. Les Garçons d'en face, *par Michèle Gazier*
P1219. Talion, *par Christian de Montella*
P1220. Les Images, *par Alain Rémond*
P1221. La Reine du Sud, *par Arturo Perez-Reverte*
P1222. Vieille Menteuse, *par Anne Fine*
P1223. Danse, danse, danse, *par Haruki Murakami*
P1224. Le Vagabond de Holmby Park, *par Herbert Lieberman*
P1225. Des amis haut placés, *par Donna Leon*
P1226. Tableaux d'une ex., *par Jean-Luc Benoziglio*
P1227. La Compagnie, le grand roman de la CIA, *par Robert Little*
P1228. Chair et Sang, *par Jonathan Kellerman*
P1230. Darling Lilly, *par Michael Connelly*
P1231. Les Tortues de Zanzibar, *par Giles Foden*
P1232. Il a fait l'idiot à la chapelle !, *par Daniel Auteuil*
P1233. Lewis & Alice, *par Didier Decoin*
P1234. Dialogue avec mon jardinier, *par Henri Cueco*
P1235. L'Émeute, *par Shashi Tharoor*
P1236. Le Palais des Miroirs, *par Amitav Ghosh*

P1237. La Mémoire du corps, *par Shauna Singh Baldwin*
P1238. Middlesex, *par Jeffrey Eugenides*
P1239. Je suis mort hier, *par Alexandra Marinina*
P1240. Cendrillon, mon amour, *par Lawrence Block*
P1241. L'Inconnue de Baltimore, *par Laura Lippman*
P1242. Berlinale Blitz, *par Stéphanie Benson*
P1243. Abattoir 5, *par Kurt Vonnegut*
P1244. Catalogue des idées reçues sur la langue
par Marina Yaguello
P1245. Tout se paye, *par Georges P. Pelacanos*
P1246. Autoportrait à l'ouvre-boîte, *par Philippe Ségur*
P1247. Tout s'avale, *par Hubert Michel*
P1248. Quand on aime son bourreau, *par Jim Lewis*
P1249. Tempête de glace, *par Rick Moody*
P1250. Dernières Nouvelles du bourbier, *par Alexandre Ikonnikov*
P1251. Le Rameau brisé, *par Jonathan Kellerman*
P1252. Passage à l'ennemie, *par Lydie Salvayre*
P1253. Une saison de machettes, *par Jean Hatzfeld*
P1254. Le Goût de l'avenir, *par Jean-Claude Guillebaud*
P1255. L'étoile d'Alger, *par Aziz Chouaki*
P1256. Cartel en tête, *par John McLaren*
P1257. Sans penser à mal, *par Barbara Seranella*
P1258. Tsili, *par Aharon Appelfeld*
P1259. Le Temps des prodiges, *par Aharon Appelfeld*
P1260. Ruines-de-Rome, *par Pierre Sengès*
P1261. La Beauté des loutres, *par Hubert Mingarelli*
P1262. La Fin de tout, *par Jay McInerney*
P1263. Jeanne et les siens, *par Michel Winock*
P1264. Les Chats mots, *par Anny Duperey*
P1265. Quand j'avais cinq ans, je m'ai tué, *par Howard Buten*
P1266. Vers l'âge d'homme, *par J.M. Coetzee*
P1267. L'Invention de Paris, *par Eric Hazan*
P1268. Chroniques de l'oiseau à ressort, *par Haruki Murakami*
P1269. En crabe, *par Günter Grass*
P1270. Mon père, ce harki, *par Dalila Kerchouche*
P1271. Lumière morte, *par Michael Connelly*
P1272. Détonations rapprochées, *par C.J. Box*
P1273. Lorsque la nature parlait aux Égyptiens
par Christian Desroches Noblecourt
P1274. Le Tribunal des Flagrants Délires 1
par Pierre Desproges
P1275. Le Tribunal des Flagrants Délires 2
par Pierre Desproges
P1276. Un amant naïf et sentimental, *par John le Carré*

P1277. Fragiles, *par Philippe Delerm et Martine Delerm*
P1278. La Chambre blanche, *par Christine Jordis*
P1279. Adieu la vie, adieu l'amour, *par Juan Marsé*
P1280. N'entre pas si vite dans cette nuit noire
par António Lobo Antunes
P1281. L'Évangile selon saint Loubard, *par Guy Gilbert*
P1282. La femme qui attendait, *par Andreï Makine*
P1283. Les Candidats, *par Yun Sun Limet*
P1284. Petit Traité de désinvolture, *par Denis Grozdanovitch*
P1285. Personne, *par Linda Lê*
P1286. Sur la photo, *par Marie-Hélène Lafon*
P1287. Le Mal du pays, *par Patrick Roegiers*
P1288. Politique, *par Adam Thirlwell*
P1289. Érec et Énide, *par Manuel Vázquez Montalbán*
P1290. La Dormeuse de Naples, *par Adrien Goetz*
P1291. Le croque-mort a la vie dure, *par Tim Cockey*
P1292. Pretty Boy, *par Lauren Henderson*
P1293. La Vie sexuelle en France, *par Janine Mossuz-Lavau*
P1294. Souvenirs obscurs d'un Juif polonais né en France
par Pierre Goldman
P1295. Dans l'alcool, *par Thierry Vimal*
P1296. Le Monument, *par Claude Duneton*
P1297. Mon nerf, *par Rachid Djaïdani*
P1298. Plutôt mourir, *par Marcello Fois*
P1299. Les pingouins n'ont jamais froid, *par Andreï Kourkov*
P1300. La Mitrailleuse d'argile, *par Viktor Pelevine*
P1301. Un été à Baden-Baden, *par Leonid Tsypkin*
P1302. Hasard des maux, *par Kate Jennings*
P1303. Le Temps des erreurs, *par Mohammed Choukri*
P1304. Boumkœur, *par Rachid Djaïdani*
P1305. Vodka-Cola, *par Irina Denejkina*
P1306. La Lionne blanche, *par Henning Mankell*
P1307. Le Styliste, *par Alexandra Marinina*
P1308. Pas d'erreur sur la personne, *par Ed Dee*
P1309. Le Casseur, *par Walter Mosley*
P1310. Le Dernier Ami, *par Tahar Ben Jelloun*
P1311. La Joie d'Aurélie, *par Patrick Grainville*
P1312. L'Aîné des orphelins, *par Tierno Monénembo*
P1313. Le Marteau pique-cœur, *par Azouz Begag*
P1314. Les Âmes perdues, *par Michael Collins*
P1315. Écrits fantômes, *par David Mitchell*
P1316. Le Nageur, *par Zsuzsa Bánk*
P1317. Quelqu'un avec qui courir, *par David Grossman*
P1318. L'Attrapeur d'ombres, *par Patrick Bard*

P1319. Venin, *par Saneh Sangsuk*
P1320. Le Gone du Chaâba, *par Azouz Begag*
P1321. Béni ou le paradis privé, *par Azouz Begag*
P1322. Mésaventures du Paradis
par Erik Orsenna et Bernard Matussière
P1323. L'Âme au poing, *par Patrick Rotman*
P1324. Comedia Infantil, *par Henning Mankell*
P1325. Niagara, *par Jane Urquhart*
P1326. Une amitié absolue, *par John le Carré*
P1327. Le Fils du vent, *par Henning Mankell*
P1328. Le Témoin du mensonge, *par Mylène Dressler*
P1329. Pelle le Conquérant 1, *par Martin Andersen Nexø*
P1330. Pelle le Conquérant 2, *par Martin Andersen Nexø*
P1331. Mortes-Eaux, *par Donna Leon*
P1332. Déviances mortelles, *par Chris Mooney*
P1333. Les Naufragés du Batavia, *par Simon Leys*
P1334. L'Amandière, *par Simonetta Agnello Hornby*
P1335. C'est en hiver que les jours rallongent, *par Joseph Bialot*
P1336. Cours sur la rive sauvage, *par Mohammed Dib*
P1337. Hommes sans mère, *par Hubert Mingarelli*
P1338. Reproduction non autorisée, *par Marc Vilrouge*
P1339. S.O.S., *par Joseph Connolly*
P1340. Sous la peau, *par Michel Faber*
P1341. Dorian, *par Will Self*
P1342. Le Cadeau, *par David Flusfeder*
P1343. Le Dernier Voyage d'Horatio II, *par Eduardo Mendoza*
P1344. Mon vieux, *par Thierry Jonquet*
P1345. Lendemains de terreur, *par Lawrence Block*
P1346. Déni de justice, *par Andrew Klavan*
P1347. Brûlé, *par Leonard Chang*
P1348. Montesquieu, *par Jean Lacouture*
P1349. Stendhal, *par Jean Lacouture*
P1350. Le Collectionneur de collections, *par Henri Cueco*
P1351. Camping, *par Abdelkader Djemaï*
P1352. Janice Winter, *par Rose-Marie Pagnard*
P1353. La Jalousie des fleurs, *par Ysabelle Lacamp*
P1354. Ma vie, son œuvre, *par Jacques-Pierre Amette*
P1355. Lila, Lila, *par Martin Suter*
P1356. Un amour de jeunesse, *par Ann Packer*
P1357. Mirages du Sud, *par Nedim Gürsel*
P1358. Marguerite et les Enragés
par Jean-Claude Lattès et Éric Deschodt
P1359. Los Angeles River, *par Michael Connelly*
P1360. Refus de mémoire, *par Sarah Paretsky*

P1361. Petite Musique de meurtre, *par Laura Lippman*
P1362. Le Cœur sous le rouleau compresseur, *par Howard Buten*
P1363. L'Anniversaire, *par Mouloud Feraoun*
P1364. Passer l'hiver, *par Olivier Adam*
P1365. L'Infamille, *par Christophe Honoré*
P1366. La Douceur, *par Christophe Honoré*
P1367. Des gens du monde, *par Catherine Lépront*
P1368. Vent en rafales, *par Taslima Nasreen*
P1369. Terres de crépuscule, *par J. M. Coetzee*
P1370. Lizka et ses hommes, *par Alexandre Ikonnikov*
P1371. Le Châle, *par Cynthia Ozick*
P1372. L'Affaire du Dahlia noir, *par Steve Hodel*
P1373. Premières Armes, *par Faye Kellerman*
P1374. Onze Jours, *par Donald Harstad*
P1375. Le croque-mort préfère la bière, *par Tim Cockey*
P1376. Le Messie de Stockholm, *par Cynthia Ozick*
P1377. Quand on refuse on dit non, *par Ahmadou Kourouma*
P1378. Une vie française, *par Jean-Paul Dubois*
P1379. Une année sous silence, *par Jean-Paul Dubois*
P1380. La Dernière Leçon, *par Noëlle Châtelet*
P1381. Folle, *par Nelly Arcan*
P1382. La Hache et le Violon, *par Alain Fleischer*
P1383. Vive la sociale !, *par Gérard Mordillat*
P1384. Histoire d'une vie, *par Aharon Appelfeld*
P1385. L'Immortel Bartfuss, *par Aharon Appelfeld*
P1386. Beaux seins, belles fesses, *par Mo Yan*
P1387. Séfarade, *par Antonio Muñoz Molina*
P1388. Le Gentilhomme au pourpoint jaune
par Arturo Pérez Reverte
P1389. Ponton à la dérive, *par Daniel Katz*
P1390. La Fille du directeur de cirque, *par Jostein Gaarder*
P1391. Pelle le Conquérant 3, *par Martin Andersen Nexø*
P1392. Pelle le Conquérant 4, *par Martin Andersen Nexø*
P1393. Soul Circus, *par George P. Pelecanos*
P1394. La Mort au fond du canyon, *par C. J. Box*
P1395. Recherchée, *par Karin Alvtegen*
P1396. Disparitions à la chaîne, *par Ake Smedberg*
P1397. Bardo or not bardo, *par Antoine Volodine*
P1398. La Vingt-septième Ville, *par Jonathan Franzen*
P1399. Pluie, *par Kirsty Gunn*
P1400. La Mort de Carlos Gardel, *par Antunes Lobo Antunes*
P1401. La Meilleure Façon de grandir, *par Meir Shalev*
P1402. Les Plus Beaux Contes zen, *par Henri Brunel*
P1403. Le Sang du monde, *par Catherine Clément*